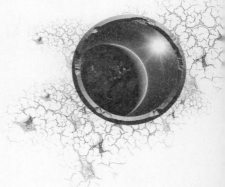

이계진입 리로디드 6

임경배 퓨전 판타지 소설

초판 1쇄 찍은 날 § 2016년 4월 5일
초판 1쇄 펴낸 날 § 2016년 4월 12일

지은이 § 임경배
펴낸이 § 서경석

편집책임 § 고승진

펴낸곳 § 도서출판 청어람
등록번호 § 제387-1999-000006호
등록일자 § 1999. 5. 31
어람번호 § 제1-2393호

주소 § 경기도 부천시 원미구 부일로 483번길 40 서경B/D 3F (우) 14640
전화 § 032-656-4452 팩스 § 032-656-4453
http://www.chungeoram.com
E-mail § chungeorambook@daum.net

ISBN 979-11-04-90730-2 04810
ISBN 979-11-04-90529-2 (세트)

RELOADED

임경배 퓨전 판타지 소설

FUSION FANTASTIC STORY

이계진입 6

리로디드

도서출판 청어람

CONTENTS

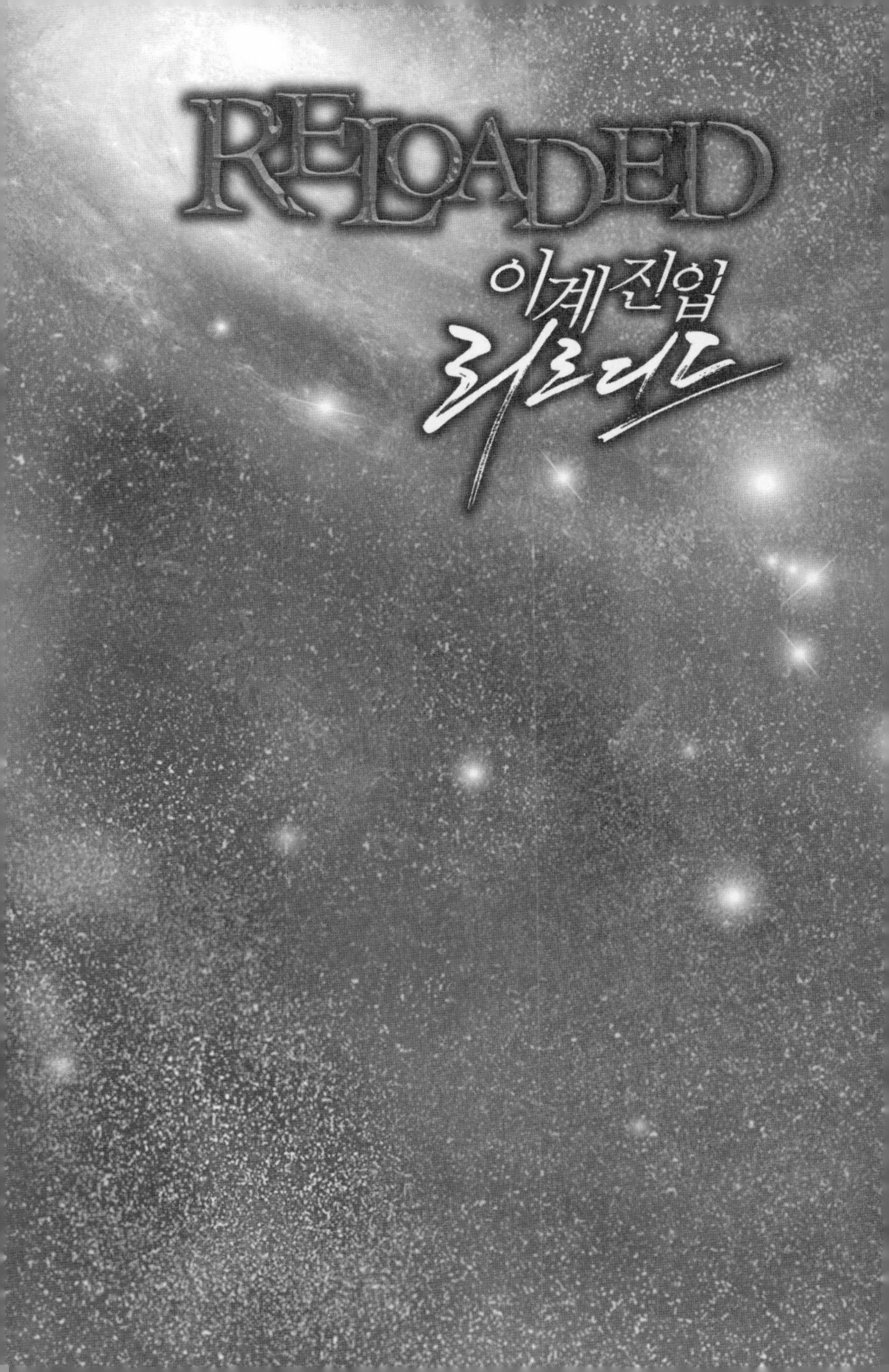
RELOADED
이계진입
리로디드

Chapter 1

마법의 검을 찾아서

테라노어 최북단의 테오란트 왕국.

혁명 7영웅 중 하나인 뇌화의 테오란트가 세운 이 나라는 짧은 여름과 길고 혹독한 겨울을 지닌 얼어붙은 땅이다.

국토 대부분이 관목과 이끼뿐인 황량한 지역과 드넓은 침엽수림으로 이루어져 있고 강력한 마수들도 자주 출몰하기에, 빈말로도 사람 살기 좋은 곳이라곤 할 수 없었다.

루스클란 제국 시절엔 거의 버려진 지역이기도 했다. 현 사파란 왕국의 수도 아올라드, 한때 제국 북부를 관장하던 노스 클라니움도 이 지역에 비하면 한참 남쪽에 위치해 있는 것이다.

그래서 테오란트 왕국은 테라노어 육왕국 중 가장 적은 인구를 지닌 나라였다.

그럼에도 국력 자체는 결코 낮지 않았다.

테오란트 왕국은 제국 시절부터 명성이 높았던 북부 전사들의 고향이었다. 숫자는 적어도 단위 전투력이 높은 그들은 일국의 군사력을 지탱하기에 충분했다.

또한 일월성신 중 태양 교단의 본산, 래디언스 원(Radiance One)이 위치해 있어 대륙 각지의 순례자와 여행객이 오가는 덕분에 경제 활동 역시 제법 유지되고 있었다.

"그 래디언스 원이 다음 목적지다."

포터 성으로 돌아와 짐을 꾸리며 성시한이 말했다.

편법이긴 하지만 플로어 마스터의 힘을 되찾았다. 이계구원자 시절의 투기량도 완전히 회복했다.

"하지만 무신기를 완벽하게 구사하기 위해선 역시 디재스터가 필요해. 그 검만이 무신기의 위력을 백 퍼센트 발휘할 수 있으니까."

옆에서 짐 꾸리는 걸 돕고 있던 알리타가 놀란 표정을 지었다.

"…그게 전력이 아니었던 거예요?"

산봉우리 하나가 처참한 폐허가 되었는데, 그것조차도 백

퍼센트 위력이 아니었단 말인가?

시한이 고개를 저었다.

"아니, 그게 전력인 건 맞아."

"그럼 디재스터가 있으면 뭐가 좋은데요?"

"그 '전력'을 좀 더 맞추기 쉬워지지. 산을 쪼개는 일격을 날릴 수 했다 해도 빗나가면 아무 의미 없잖아?"

지구로 돌아간 후에도 수행을 게을리하지 않았다. 뭐, 엄밀히 말하면 도중에 복수 포기하고 게으름 피운 기간이 있긴 한데, 그래도 귀환의 실마리를 잡은 후론 열심히 수련을 계속해 왔다.

그렇지만 사실 성시한의 투기량이나 마력량 자체는 이계구원자 시절이나 지구에서 수행한 후에나 별 차이가 없었다.

투기량이나 마력량은 경지가 오를수록 완만해지는 로그함수 곡선을 그린다.

이미 그는 이계구원자 시절 투기와 마력의 용량을 한계치까지 채운 상태였다. 여기서 십 년을 더 수련한다고 해도 투기나 마력이 더 늘어나지는 않는 것이다.

늘어난 것은 기량과 숙련도였다.

"디재스터가 있으면 무신기의 응용 폭이 훨씬 넓어지지. 역시 그것부터 되찾는 게 급선무야."

디재스터가 없다 해도 성시한의 실력이 딱히 쇠퇴하는 것은 아니다. 그는 과거 평범한 클레이모어만으로 제국 최강의 소드하이어였던 론다르크 장군을 죽일 수 있었다.

"그래도 두 번 다시 이 정도면 됐다는 소린 하고 싶지 않아."

완벽하게 모든 준비를 마친 상태로 배신자들 앞에 설 것이다.

"카렌 덕분에 디재스터의 행방도 알았고 말이지."

원래 시한은 자신이 쓰던 마검 디재스터며 마갑 루브레스크, 적룡의 망토를 적당히 혁명 6영웅이 나눠 가졌을 거라 생각했다. 소드하이어 전용 마도구이니만큼 테오란트, 젝센가드, 레비나가 하나씩 챙겼을 거라고.

너무 순진한 생각이었다.

제국이란 공적이 사라진 혁명 6영웅에게는 서로가 곧 잠재적인 미래의 적이었다. 설사 자신에겐 쓸모없더라도 남에게 주어 적의 힘을 늘리게 할 순 없는 것이다.

릴스타인, 사파란, 카렌 이나시우스는 성시한이 남긴 마도구들을 다른 사람이 갖는 것에 반대했다. 테오란트와 젝센가드, 레비나도 의외로 순순히 그 의견에 찬성했다.

디재스터와 루브레스크, 적룡의 망토가 저마다 위력이 다른 만큼 하나씩 나눠 가져도 어차피 누군가는 손해를 보게되어 있었다. 그런 골치 아픈 후환을 남길 바에야 누구도 갖지 못하는 쪽이 상호 간에 마음이 편하다.

이계구원자의 유산은 누구의 것도 되어선 안 된다. 그렇다고 저 귀중한 마도구를 폐기할 수도 없다.

혁명 6영웅 중 누구의 입김도 닿지 않으며, 보물을 제대로 지킬 수 있는 세력이 필요했다. 그래서 선택된 것이 태양의 교단이었다.

카렌 이나시우스 덕분에 현재 테라노어에서 제일 융성한 교단은 달의 신전이 되었다. 하지만 태양의 교단은 전통적으로 일월성신 중 가장 으뜸이었고, 제국이 쇠퇴한 후에도 중립을 지키기에 충분한 힘이 남아 있었다.

혁명 6영웅 모두의 동의하에 마검 디재스터와 마갑 루브레스크, 적룡의 망토는 태양의 교단으로 옮겨졌다. 교단은 본산인 래디언스 원 깊숙한 곳에 저 보물들을 숨기고 엄중히 관리하고 있었다.

"켈테론에게 미리 언질을 줬으니, 지금쯤 상세한 정보를 알아놓았겠지."

타이밍 좋게 제논과 디나가 방문을 노크했다.

"짐 다 쌌습니다."

"시종들도 준비를 마쳤어요, 하이어 션."

시한이 자리에서 일어나며 빙긋 웃었다.

"그럼 라텐셀로 돌아가자고."

＊　　　　　＊　　　　　＊

켈테론은 오늘도 바빴다.

일국의 재상으로서 복잡한 국정을 관리하며, 새로 왕위에 오른 아인츠의 왕권 강화를 위해 신하들의 세력도 조율하는 한편, 젝센가드의 통치로 인한 여러 문제점도 해결해야 하면서, 그 와중에 새로 연을 맺은 일명 '켈테론파 귀족'들의 내부 단속도 게을리할 수 없었다.

아무리 천하의 켈테론이라도 피로에 시달리지 않을 수 없는 과중한 업무량이다.

특히나 대충 넘어갈 수 없는 업무가 있었으니, 바로 성시한의 총애를 얻는 것이었다. 다른 건 몰라도 이것만큼은 철저히 처리해야 했다.

그래서 오늘도 그는 각종 서류를 작성하며 한숨을 쉬고 있었다.

"아이고, 시한 님도 참. 수행 좀 조용히 해주시면 좋을 텐데."

포터 성으로 간 성시한은 근 넉 달 가까이 수행에만 매진했다.

문제는 무신급 소드하이어가 작정하고 파괴력을 떨치면 그

소음이 결코 평범하지 않다는 점이다. 한국으로 치면 가히 90㎜ 고사포 사격 연습장과 맞먹는다.

아무리 외진 곳이라지만 하루가 멀다 하고 우르릉, 쾅쾅, 쿵 짝쿵짝거리고 있는데 인근 주민들이 이상하게 여기지 않을 리가 없었다.

그래서 그동안은 '군사훈련 중이다, 기밀을 누설하면 엄벌에 처하겠다'면서 입단속을 시키고 있었는데, 결국 막판에 흥이 오른 성시한이 산 능선을 통째로 작살내 버린 것이다.

무슨 옆집 담벼락도 아니고, 멀쩡한 산 하나가 떡하니 금이 갔는데 소문이 안 퍼질 리가 있나?

'아니, 무극천광 센 거 누가 모르나? 그냥 좀 하늘에 쏘시면 안 돼? 그걸 굳이 땅에 쏘셔서……'

입단속으로 처리할 수 있는 수준은 넘어버렸다. 그렇다고 성시한의 존재가 들킬 가능성을 남길 수도 없다.

다행히 켈테론은 소문을 다스리는 법을 알고 있었다.

뭔가를 감추고 싶을 때, 돈이나 권력을 써서 입을 막는 것은 하책 중의 하책이다. 아무리 위에서 용써 봐야 저잣거리에 떠도는 소문을 전부 막는 것은 불가능하다.

'하지만 그 소문을 헛소문으로 만드는 건 가능하지.'

켈테론은 오히려 소문을 더욱 키웠다. 포터 성뿐 아니라 라텐셀 인근에 위치한 일명 '성시한 은신처 예비 후보지'에 전부 비슷한 헛소문을 퍼뜨렸다.

포터 성 인근 산이 쪼개졌다면 사람들은 당연히 경악하고 놀란다.

하지만 곧이어 포터 성 말고 온갖 잡(?) 성들도 비슷한 소문이 돈다면 어떨까?

이 산도 쪼개졌다더라, 저 산도 쪼개졌다더라, 그 산도 쪼개졌다더라.

에라, 그 헛소문 우리 동네에도 있어, 이 양반아.

'진실을 감추는 제일 쉬운 방법은 그 진실의 신뢰도를 깎아 버리는 것이지, 크크큭!'

안 그래도 왕이 바뀌며 흉흉한 헛소문이 이래저래 도는 시절이었다. 온갖 유언비어 속에서 진실도 자연히 감춰지리라.

'그나저나 멀쩡한 산 하나가 쪼개지다니, 정말 시한 님의 능력은 상상을 초월하는군.'

일에 열중하다 말고 켈테론은 문득 웃었다.

'내가 줄은 정말 잘 섰단 말이지, 히히.'

배신자들을 처리한 뒤 성시한이 어떤 선택을 할진 아직 모른다. 감히 물어보지도 않았다.

만약 그가 테라노어의 새로운 황제가 되려 한다면?

켈테론 입장에선 더 바랄 나위가 없다. 성시한의 총애하에 일인지하 만인지상의 위치를 굳힐 수 있을 테니까. 그 정도 능력과 충성은 보여줬다고 자신할 수 있었다.

그가 지구로 돌아간다 해도 손해 볼 것은 없다.

성시한의 행보 하나하나에 테라노어의 운명이 바뀐다. 육왕국의 군주가 사라진다는 것은 실로 큰일이다. 그 사실을 미리 아는 것만으로도 얻는 이득은 막대하다.

물론 이러다가 시한이 실패한다면 일이 꼬이겠지만…….

'인생 살면서 그 정도 리스크조차 없는 경우가 어디 있겠나?'

이계구원자의 능력과 명성을 생각하면 그리 큰 리스크는 아니다. 그리고 시한에겐 못 할 말이지만, 무릇 충성은 산 자에게 바치는 행위다.

켈테론은 죽은 성시한에게까지 충성을 다할 생각은 없었다. 일 꼬이면 잽싸게 줄을 바꿔 타면 될 일이었다.

'그래도 되도록 시한 님이 끝까지 성공해 주시면 좋겠는데 말이야.'

그렇게 히죽거리며 한창 일 처리에 열중하던 중이었다.

하녀 한 명이 그에게 전갈을 올렸다.

"켈테론 후작님, 하이어 선이 접견을 청합니다."

거만한 목소리로 켈테론이 대답했다.

"그 친구, 이제 왔나? 들어오라고 하거라!"

"네, 후작님."

두 하녀의 안내에 따라 흑발의 잘생긴 청년 기사가 방으로 들어섰다. 청년을 안내한 뒤 하녀들이 다시 방을 나섰다.

　켈테론이 오만하게 턱을 괸 채 물었다.

　"그래, 임무는 잘 처리했는가, 하이어 션?"

　청년 기사, 시한이 조용히 말했다.

　"하녀들 멀리 갔어."

　"제가 마련한 은신처가 만족스러우셨는지요? 으헤헤."

　광속으로 태도가 바뀌었다. 양손을 맹렬히 비비며 얼굴 가득 비굴한 미소를 한껏 꽃피운다.

　성시한은 혀를 내둘렀다.

　"언제 봐도 자네의 연기력은 감탄스럽기 그지없군. 한국이라면 청룡영화상쯤은 거뜬히 탔겠어?"

　켈테론의 표정이 묘해졌다. 청룡 어쩌구 상?

　"…한국에선 드래곤이 인간에게 상을 줍니까?"

　"아니, 뭐, 그건 아닌데……. 에이, 넘어가!"

　손을 휘저으며 시한은 맞은편 소파에 앉았다. 그리고 그가 물었다.

　"태양의 교단에 대한 정보는 어찌 되었지?"

　바로 서류가 돌아왔다.

　"여기 있습니다요."

시한은 서류를 훑어보았다. 현재 태양의 교단에 대한 정보며 본산인 래디언스 원의 내부 구조도는 물론이고, 경비 상태며 전력, 심지어 그곳까지 가는 일정에 대한 것까지 상세하게 준비해 놓았다.

뭐, 더 건드릴 것이 없다. 시한 일행은 그냥 이 스케줄대로 따라가기만 하면 된다.

"역시 빠르고 정확하군, 켈테론."

"감사합니다, 헤헤."

히죽거리며 켈테론이 굽실거렸다. 그런 그를 빤히 바라보다가 문득 시한이 입을 열었다.

"그런데 만약 내가 디재스터보다 배신자들을 우선했다면 어쩔 생각이었나?"

"예?"

"혹시 다른 쪽으로 향할 경우에 대한 일정도 전부 준비를 끝낸 건가?"

"아, 물론 준비는 해두고 있었습니다만……."

"그 준비는 내가 태양의 교단 행을 선택했으니 전부 무용지물이 되었겠군?"

"그, 그야 그렇습니다만……."

켈테론은 당황했다. 지금 시한의 말투는 딱히 책망하는 것도, 칭찬하는 것도 아니었다.

시한이 고개를 저었다.

"앞으로는 그런 필요 없는 준비, 하지 마."

손바닥을 비비며 켈테론이 비굴하게 웃었다.

"시한 님을 위한 일인데 필요 없는 준비가 어디 있겠습니까? 전 어디까지나 시한 님의 충실한 종으로서……."

"켈테론."

진지한 눈으로 성시한이 켈테론의 눈을 똑바로 응시했다.

"그대는 내게 충성을 맹세했다. 그러니 내겐 그대에게 필요한 일을 시킬 권리가 있지."

그리고 차분하게 말을 이었다.

"그 말은 곧, 내겐 그대에게 불필요한 일을 시키지 않을 의무도 있다는 의미야."

세상 모든 일은 양면성을 지니고 있다.

권리가 있다면 그에 따른 의무도 있는 법. 이 둘은 동전의 앞뒷면과도 같아 결코 떨어지지 않는다.

"난 이제껏 그 의무를 방기했다. 알리타가 말해주기 전엔 미처 못 느꼈지. 미안하게 생각한다."

"아니, 저는 그저 시한 님을 위해……."

"내 기분을 맞추지 못한다고 그대를 벌하지는 않아. 그건 죄도 아니고, 잘못도 아니야."

부드러운 목소리가 화려한 응접실을 잔잔히 울렸다.

"나를 배신하지 않는다면, 내가 그대를 탓할 일은 없어."

켈테론은 침묵했다. 혼란스러워하는 얼굴로 말없이 눈만 깜빡거린다.

당황한 것 같기도, 감동한 것 같기도, 경계하는 것 같기도 한 복잡한 표정.

시한은 몸을 일으켰다.

"그럼 나는 이만 돌아가지. 출발 준비를 해야 할 테니."

막 방을 나서려던 참이었다. 켈테론이 조심스레 그를 붙잡았다.

"저기, 시한 님."

"응? 왜?"

"실은 말씀드릴 것이 있습니다."

다시 한 번 머뭇거리더니, 그가 작은 서류 더미 하나를 꺼냈다.

"진위가 명확하지 않아 아직 보고하지 않은 것입니다. 좀 더 확실히 확인한 뒤 말씀드리려 했지요."

뜬소문 수준의 불명확한 사실을 윗선에 알릴 수는 없다. 아랫선에선 뜬소문이라고 분명히 명시해도, 위에서 그걸 받아들이는 순간 그것은 '사실'로 둔갑한다.

뜬소문이 사실이었다면 아무 문제가 없지만 만약 정말 뜬소문이었다면?

그건 '뜬소문'을 수집하는 데 성공한 게 아니다.

'진실'을 수집하는 데 실패한 게 된다.

명령은 진위를 가리지 않고 일단 모아두라고 하면서도, 정작 시키는 대로 하면 무능력하다고 욕먹는 것이 상하 관계다. 켈테론은 그 사실을 잘 알고 있었다.

"하지만 시한 님의 뜻이 그러하시니……."

말끝을 흐리며 그는 서류를 건넸다. 서류를 훑어본 성시한의 안색이 딱딱하게 굳었다.

"이거, 정말인가?"

"정말인지 아닌지는 아직 모릅니다. 그래서 보고하지 않았습니다. 하지만 무시할 수만은 없는 정보이기도 하지요."

말없이 시한은 계속 서류를 넘겼다. 그리움의 감정이 검은 눈동자 위로 스쳐 지나갔다.

성시한의 눈치를 보며 켈테론이 말을 이었다.

"좀 더 정보를 입수해 진위가 가려지면 바로 추가 보고를 올리겠습니다. 제가 따로 부리는 사람들이 있으니, 전령을 보내면 테오란트 왕국에 계시더라도 보름 안에 연락을 받으실 수 있을 겁니다."

"보름인가?"

시한은 눈살을 찌푸렸다. 보름은 너무 길다.

"아니, 따로 전언용 마법진을 준비해 두는 게 나을 것 같군.

언제든지 보고를 받을 수 있도록."

수정구나 수경을 이용해 원거리에 영상과 소리를 전달하는 전언 마법의 난이도는 상아탑 8층 주문 중에서도 최고위 수준이다. 예전엔 마력이 모자라 성시한도 미처 사용하지 못했던 것이다. 하지만 듀란의 유품 덕분에 이젠 충분히 구사할 수 있게 되었다.

켈테론이 고개를 갸웃거렸다.

"전언 마법진입니까? 제가 알기론 그거, 양쪽 모두 8층 이상의 고위 마기언일 때만 가능하다고……."

"그야 그렇지. 하지만 이게 또 요령이 있거든?"

전언 마법의 시작은 수정구를 통해 원거리의 상황을 살피는 원견 마법이었다. 원래는 상대를 염탐하거나 할 때 쓰던 마법이었고, 당연히 사정거리도 그리 길지 않았다.

그런데 여기서 한 마기언이 발상의 전환을 꾀했다.

'서로가 서로에게 원견 마법을 건다면, 상호 간에 의사소통도 가능할 것 아닌가?'

누군가를 훔쳐보기 위해선 상당한 준비가 필요하다. 미리 좌표도 지정해야 하고, 마력이 전달될 촉매도 숨겨놓아야 하며, 상대가 눈치채지 못하도록 추가 술식도 끼워 넣어야 한다.

하지만 당사자가 오히려 적극적으로 '훔쳐봄'에 협조한다면?

불필요한 마력 소모가 사라지며, 술식도 간단해지고, 사정거리도 극히 길어진다.

이후 전언 마법은 더욱 발전했다. 지금은 거의 대륙의 절반을 가로지를 정도로 소통 거리도 늘어난 상태였다.

물론 8층 마기언 중에서도 최상위 정도는 되어야 사용이 가능하고 마법 촉매 비용도 높은 만큼 널리 퍼진 방법은 아니다. 제국 시절에도 4대 상아탑주나 지위 높은 황족들끼리 긴급한 연락을 취할 때만 드물게 사용되곤 한다.

"그런데 그냥 보고를 '받기만' 할 뿐이라면 굳이 양쪽 모두 마기언일 필요는 없잖아?"

보고할 사람은 정해진 시간에 정해진 장소에 서서 허공에 떠들어댄다. 보고를 받는 입장인 마기언은 마법으로 그 광경을 지켜본다. 이렇게 하면 한쪽만 고위 마기언이라도 충분히 정보를 전달받을 수 있다.

"의사소통이 되는 건 아니니 이쪽 이야기를 전달하려면 전령을 쓰거나 해야겠지만 말이지. 그런데 이거 몰랐어, 켈테론? 혁명군 시절에 자주 쓰던 수법인데?"

"처음 들었습니다. 전 당시 중책을 맡은 적이 없는 탓에……."

"하긴 그렇겠군."

출발 전에 미리 결계진도 설치해 놓고 가야겠다. 그렇게 생각하며 시한은 다시 방을 나섰다.

막 방문을 여는 참이었다. 그를 배웅하던 켈테론이 문득 입을 열었다.

"시한 님."

"응? 왜?"

진지한 표정으로 염소수염의 사내가 허리를 숙였다.

"저, 켈테론. 시한 님께 충성을 바치겠습니다."

"…이제까지는 그럼 뭘 바친 건데?"

어째 좀 뜬금없는 말이라 시한이 헛웃음을 흘렸다. 마주 보며 켈테론도 빙그레 웃었다.

평소의 비굴한 미소가 아닌, 순수한 웃음이었다.

"다시 한 번 맹세하는 것뿐입니다."

*　　　　*　　　　*

시한 일행은 모든 준비를 마친 뒤 테오란트 왕국으로 출발했다.

쌀쌀한 초겨울, 여행하기 좋은 계절은 아니었지만 딱히 여정에 불편함은 없었다.

세심하게 여행 경로를 짠 켈테론 덕분에 일행은 해가 질 때마다 편안한 여관, 혹은 그 지역 유지의 저택에서 안락하게 묵을 수 있었다. 그때마다 말도 수시로 바꿔 타 속도가 떨어지지도 않았다.

그 흔한 산적 역시 한 번도 만나지 못했다. 혹여 시한이 귀찮게 여길까 싶어 가는 길목을 켈테론이 미리 청소해 놓은 것이다.

그 점에 있어선 제논이 불만을 토하기도 했다.

"디나에게 실전을 경험시킬 기회가 없어 그게 좀 아쉽군요."

디나로선 절대 동의할 수 없는 의견이었다.

그녀는 이미 충분히 가혹한 실전을 경험하고 있었으니까.

*　　　　*　　　　*

인적 드문 산길의 한 공터.

붉은 머리의 소녀가 검을 쥔 채 가쁜 숨을 내쉰다.

"하악, 하악……."

바로 앞에서 거대한 멧돼지 한 마리가 성난 콧김을 내뿜으며 소녀를 노려본다. 평범한 멧돼지의 두 배 이상 크기에 등쪽에 각질의 뿔이 난 마수, 버플링 보어였다.

"꾸우우우!"

버플링 보어가 울부짖으며 전신 근육을 부풀렸다. 마수답게 투기를 이용해 전신 근력을 높이는 것이다.

디나 역시 기합을 터뜨렸다.

"타아앗!"

순간 버플링 보어가 돌진해왔다. 디나가 몸을 날렸다.

"에잇!"

그녀는 한 번에 2미터 가까이 점프하며 버플링 보어의 공격을 피했다. 평범한 인간에겐 불가능한 점프력이었다. 예전의 디나에게도 불가능한 움직임이긴 마찬가지다.

하지만 투기로 신체 능력을 증폭시킬 수 있게 된 지금은 충분히 가능한 움직임이기도 했다.

멧돼지 주위를 돌며 디나는 빠르게 검격을 날렸다. 버플링 보어도 어금니를 휘두르며 맞서 싸웠다.

조금 떨어진 곳에서 성시한과 알리타, 제논이 디나의 전투를 지켜보고 있었다.

기사급의 경지에 오른 알리타는 이제 하프 플레이트 아머를 걸치고 있었다. 켈테론이 라텐셀 최고의 장인에게 의뢰해 만든 것으로, 여성스런 몸의 곡선을 살리면서도 뛰어난 방어력을 지닌 물건이다.

달인급 소드하이어가 된 제논은 오히려 평소 입던 금속 갑옷을 벗어버렸다. 대신 잘 무두질된 질 좋은 가죽 갑옷 차림을 하고 있어 근육질의 거구가 더욱 돋보인다.

뭐, 성시한이야 평소와 똑같고.

열심히 싸우는 디나를 향해 시한이 조언을 건넸다.

"긴장을 풀지 마, 디나! 정신을 집중하면 충분히 처리할 수 있는 상대다!"

"알겠습니다, 하이어 션!"

알리타도 응원의 목소리를 이었다.

"디나, 너도 이제 소드하이어잖니? 충분히 저 마수를 상대할 능력이 있어!"

"네, 마스터!"

성시한 먹으라고 사다놓은 온갖 비약을 대신 챙긴 행운아는 비단 알리타와 제논뿐만이 아니었다. 그동안 디나도 많은 혜택을 보았다.

투기를 느끼기만 할 뿐, 의식적으로 제어할 수 없던 경지를 벗어나 제대로 체내의 투기를 다룰 수 있게 되었다. 신체 능력을 증폭시키는 수법도 충분히 익숙해졌다.

이제 디나는 단순히 '투기를 느낄 수 있는 종자'가 아니었다. 훌륭한 '종자급 소드하이어'였다.

검을 쥔 작은 소녀와 우락부락한 멧돼지 마수가 계속 공방을 나눈다. 정신없이 싸우는 디나를 보며 시한이 중얼거렸다.

"디나도 실력 많이 늘었네."

아무리 켈테론이 철저히 준비한다 해도 마수의 습격까지 미리 막진 못했다.

원래 겨울철은 먹이를 구하기 힘든 만큼 마수들의 발호가 잦다. 그래서 겨울 여행은 보통 수십 명 단위로 하게 마련인데, 고작 네 명이서 산을 지나고 있으니 당연히 마수들이 노리고 덤벼들 수밖에.

물론 무신급 소드하이어에게 이까짓 마수는 전혀 문제가 되지 않는다. 그래서 시한 일행은 일부 마수들에 대한 처리를 일부러 디나에게 맡겨 그녀의 실전 연습으로 삼고 있었다.

시한이 제논을 돌아보며 물었다.

"이 정도면 실전은 충분하잖아? 굳이 산적 안 나온다고 아쉬워할 이유는 없지 싶은데?"

제논이 고개를 저었다.

"살인과 살생은 엄연히 다르지 않습니까? 역시 기사라면 사람을 직접 베어봐야……."

누가 칼밥 먹는 직종 아니랄까 봐 섬뜩한 소릴 참 자연스럽게도 하는 제논이었다. 문제는 성시한도 워낙 소년 시절이 기구하다 보니 저게 자연스럽게 들린다는 점이다.

21세기 대한민국 문명인으로서의 정체성에 혼란을 느끼며 시한이 혀를 찼다.

"그야 그렇지만, 그래도 디나는 아직 어리잖아? 되도록 살인 경험은 뒤로 미루는 게……."

이번엔 알리타가 어리둥절해했다.

"왜요? 이왕 검을 쥐었다면 일찌감치 살인에 익숙해지는 게 좋을 텐데요?"

둘 다 어차피 사람 죽일 거면 빨리 죽여 보는 게 좋지 않냐는 식이었다. 기가 질려 시한이 고개를 저었다.

"하긴, 이 동네, 원래 이랬지."

제논이나 알리타가 딱히 사람의 목숨을 우습게 여기는 성격은 아니다. 단지 이게 저들의 상식일 뿐.

"으휴, 이 살벌한 인간들."

문득 궁금해져 시한이 두 사람에게 물었다.

"둘은 첫 살인이 언제였어?"

제논이 먼저 대답했다.

"18살 때였습니다. 종자로서 마스터를 따라 임무를 나갔을 때지요. 굉장히 당황했던 기억이 아직도 생생하군요."

이어 알리타도 답했다.

"저는 올해 초였으니까, 17살 막 됐을 때네요. 용병 일을 하던 중이었어요."

둘의 대답에 어째 성시한의 표정이 안 좋아졌다. 의아해하며 알리타가 질문했다.

"시한은요?"

딴청을 피우며 시한이 말을 흐렸다.

"…16살 때였던가?"

말은 저렇게 한 주제에 정작 살인 경험은 본인이 제일 빠르다. 어이가 없어 알리타가 핀잔을 던졌다.

"그러고도 우리보고 살벌하다고 하는 거예요?"

"끙……."

시한은 어깨를 축 늘어뜨렸다. 뭔가 인간으로서 너무 막 산게 아닌가 하는 자괴감이 들고 있었다.

그러는 동안에도 디나는 필사적으로 마수를 상대하는 중이었다. 땀을 뻘뻘 흘리며 그녀가 최후의 일격을 꽂아 넣었다.

"죽어! 이 엉덩이에 뿔난 돼지 놈아!"

강철의 칼날이 버플링 보어의 급소를 정확히 노린다. 이내 경련을 일으키던 마수의 숨통이 끊어졌다.

"자, 잡았다아, 학학……."

박수를 치며 성시한이 디나를 칭찬했다.

"잘했어, 이 정도면 네 나이 또래에는 더 이상 적수가 없겠는데?"

칭찬을 들었음에도 디나는 별로 기뻐하는 표정이 아니었다.

딱히 자신이 강해졌다는 걸 실감하지 못해서는 아니었다. 스스로 생각해도 엄청나게 강해지긴 했다. 그녀가 알고 있던 흑사자 기사단의 종자 중 14세에 투기의 다스림을 터득한 이는 하나도 없었으니까.

단지…….

"그래 봤자 겨우 한 마리 잡은 건데요, 뭘."

버플링 보어는 일반적인 멧돼지와 달리 무리 사냥을 하는 마수, 처음 일행을 습격한 버플링 보어는 스무 마리가 넘었다.

시한 일행은 그 모두를 디나에게 떠넘길 만큼 가혹하진 않았다. 적당히 세 사람이 처리하고, 디나 수준에 맞게 한 마리만을 맡겼다.

그래서 디나는 다른 일행이 남은 버플링 보어를 어떻게 처리하는지 똑똑히 볼 수 있었다.

알리타는 갑옷을 이용한 방어에 익숙해지기 위해 일부러 제자리에서 버플링 보어들을 상대했다. 절도 있는 동작으로 검을 휘둘러, 덤벼드는 마수의 급소만을 정확하게 노려 절명시켰다.

제논은 아예 검을 뽑지도 않았다. 빠른 몸놀림으로 버플링 보어 사이를 오가며 발로 툭툭 마수를 걸어찰 뿐인데, 그것만으로 거구의 버플링 보어가 거품 물고 나가떨어져 즉사해 버렸다.

저 둘과 비교하면 여전히 디나의 실력 따윈 하찮게 느껴지는 것이다.

심지어 하이어 선 같은 경우엔…….

'도대체 뭘 했는지도 모르겠어!'

그냥 슥 노려보니까 달려오던 마수들이 알아서 피를 토하며 쓰러지더라.

'내가 정말 저 나이 되면 저럴 수도 있다는 거야?'

어림도 없을 것 같다. 저 경지는 고사하고 발끝에라도 미칠 수 있을지 의문이다.

동시에 또 다른 의문도 들었다.

'…아무리 용병왕 바락의 후계자라도 그렇지, 저 나이에 저렇게까지 강할 수 있는 건가?'

상황이 정리되자 시한이 일행에게 손짓했다.

"자, 그럼 출발하자. 해 지기 전에 국경을 넘어야지."

이 산을 넘으면 국경 도시 로팔이 나온다. 거기서부턴 더 이상 라텐베르크 왕국이 아니다.

말에 올라타며 알리타가 흥분한 기색을 보였다.

"드디어 테오란트 왕국이네요. 한 번도 안 가봤는데, 어떤 곳일까?"

*　　　*　　　*

국경이란 인간이 땅 위에 멋대로 그어놓은 선일 뿐이다. 당연히 국경을 넘는다고 경치가 바로 바뀌거나 하진 않는다.

하지만 지역색은 확실히 바뀐다.

테오란트 왕국의 국경 도시 로팔은 전체적으로 칙칙한 느낌이었다. 겨울의 추위가 심한 탓에 모든 건물이 지붕이 낮고 벽이 두껍다. 3, 4층 건물이 흔한 대륙 남부와 달리 2층 건물도 드물었다. 대신 건물마다 굴뚝이 두세 개씩 달려 있어 연기를 모락모락 피우고 있었다.

로팔에 도착한 시한 일행은 적당한 여관을 잡고 짐을 풀었다. 그리고 홀로 모였다.

홀은 텅 비어 있었다. 마수와 상대하는 바람에 시간을 너무 지체한 탓이었다.

"어라, 디나는?"

시한의 질문에 알리타가 난처해하며 대답했다.

"침대에 눕자마자 바로 곯아떨어졌어요. 어쩌지, 저녁 먹어야 하는데?"

"그토록 움직였는데 피곤하겠지. 내버려 둬, 지금은 밥보다 잠이 더 보약일 테니까. 내일 아침 잘 챙겨먹으면 되지, 뭘."

성시한과 제논, 알리타는 벽난로 근처에 자리 잡고 늦은 저녁 식사를 시작했다.

이미 다들 잠들 시간이라 저녁 메뉴는 부실했다. 그냥 딱딱해진 빵과 훈제육이 전부. 그나마 이것도 자고 있던 여관 조리장을 닦달해 내온 것이었다. 당연히 맛도 별로 없었다.

그래서 시한은 요구했다.

"제논, 제논장."

알리타도 요구했다.

"저도 제논장."

제논이 비장의 소스를 꺼내며 불퉁한 표정을 지었다.

"아우, 이 소스, 이름 빨리 지어야 하는데."

이러다 진짜 제논장이라고 명칭이 굳어질 것 같았다. 용납할 수 없는 일이었다. 그에겐 '제논장' 말고도 훌륭한 '제논장'이 많단 말이다!

'큰일이다, 나까지 헷갈리기 시작했어.'

제논장으로 모자란 간을 맞춘 뒤 일행은 열심히 배를 채웠다. 문득 알리타가 입을 열었다.

"아 참, 시한."

"응? 왜?"

"지금 찾으러 가는 게 디재스터랑 루브레스크, 적룡의 망토 죠?"

"그런데?"

"대체 어떤 능력을 지닌 마도구인가요, 그건?"

저 마도구들에 대해선 알리타도 알고 있었다. 이계구원자의 삼신기(三神器)라며 온갖 책자에 소개되었으니까.

"어떤 검으로도 화할 수 있는 마검 디재스터, 세상에서 제일 단단한 갑옷 루브레스크, 고룡의 불꽃조차도 막을 수 있는 적룡의 망토… 라고는 알고 있지만 정확하게는 안 알려져 있거든요."

책을 보면서 의아하게 여겼던 점이 있었다.

테라노어에는 역사적으로 이름난 명검이 존재한다.

라이프 드레인 기능이 있어 적을 베면 벨수록 자신의 기력이 충전되는 블러드 베일. 살짝만 베여도 상처가 썩어 들어가 죽음에 이르게 하는 마검 리버스. 상대하는 적을 영혼까지 공포에 질리게 만드는 소울 버스터며, 온갖 저주와 마법으로부터 주인을 지키는 항마의 성검, 홀리 디펜더 등등…….

그중에서도 디재스터는 테라노어에서 가장 강력한 마검으로 알려져 있었다. 그런데 재앙이라고까지 불린 마검의 기능이 고작 이 검 됐다가, 저 검 됐다 하는 게 전부라는 건 좀 이해가 안 가는 것이다.

"오히려 루브레스크나 적룡의 망토가 더 대단한 것 같은데 어째 시한은 전부터 디재스터를 가장 중시하는 것 같더라고요."

평소 말하는 걸 보면 디재스터는 꼭 되찾아야 하지만 루브레스크나 적룡의 망토는 있으면 좋고 없어도 그만이라는 투였다.

나름 성시한 전문가(?)인 제논도 이야기에 끼어들었다.

"전 마갑 루브레스크도 좀 이상했습니다. 세상에서 제일 단단한 갑옷이란 건 물론 대단하지만, 그냥 그뿐이면 마법 갑옷은 아니지 않습니까? 그냥 잘 만든 갑옷이지."

두 사람의 질문에 시한이 빙그레 웃었다.

"일단 그거, 그렇게 틀린 내용은 아냐."

그리고 잠깐 고개를 갸웃거렸다.

"아니구나, 적룡의 망토는 틀렸네."

세간에 알려진 것과 달리 적룡의 망토는 고룡의 불꽃을 완전히 막을 수 없었다. 그런 시한의 말에 알리타가 황당해했다.

"에? 그럼 어디다 써요?"

"대신 이계 마물의 불꽃도 막을 수 있거든."

적룡의 망토는 수백 년 전, 한 고위 마기언에 의해 만들어진 기물이었다.

루스클란 황족 출신인 당시의 흑색 상아탑주는 플로어 마스터이면서 동시에 강력한 이계 소환술사였다. 이계의 마물에겐 테라노어의 마법이 통하지 않는다는 점에서 착안, 그는 이계 마물의 시체를 테라노어에 고정시킨 뒤 그 가죽을 이용해 모든 마법을 무효화시키는 절대 방어의 마도구를 만들고자 했다.

실험은 실패했다.

만들어진 망토에 기대했던 전 방위 마법 무효화의 능력은 없었다. 날아든 마법의 위력을 절반 정도 차감시키는 것이 전부였다.

물론 이것만으로도 엄청난 성능이니 실험이 실패했다고 할 정도는 아니지만, 역시 기대했던 것만은 못하다.

그런데 그 망토에는 기대하지도 않은 새로운 능력이 있었다.

이계 마물의 가죽으로 만들어진 탓에, 테라노어의 마법뿐 아니라 이계 마물의 마법 공격도 똑같이 차감시킬 수 있었던 것이다.

"정확히 말하면, 이계 마물의 불꽃도 완전히 막지는 못해. 고룡의 불꽃을 상대할 때처럼 위력을 절반 이하로 줄여줄 뿐이지. 하지만 이것만으로도 충분히 대단하잖아?"

어차피 성시한에게 테라노어의 마법은 통하지 않는다. 하지만 이계 마물의 공격은 통용된다. 그래서 이계 마물의 마법의 위력을 줄여주는 저 적룡의 망토는 광제를 상대할 때 큰 도움이 되었다.

"하지만 지금 내 적은 루스클란의 마물이 아니지. 그래서 그동안은 별로 되찾을 필요성을 못 느꼈어. 이젠 상황이 좀 달라졌지만."

테라노어의 마법이 성시한에게 통용되는 경우도 있다는 걸 알게 됐으니, 적룡의 망토 역시 되찾아야 할 이유가 생겼다.

고개를 끄덕이던 알리타가 의아해했다.

"그런데 왜 이름이 적룡의 망토예요? 용의 가죽으로 만든 것도 아니면서?"

"망토가 빨개서."

"…그게 다예요?"

"원래 전설이란 게 까보면 그런 식이지, 뭘."

성시한이 웃으며 말을 이었다.

"마갑 루브레스크도 전투에 관련된 마법은 딱히 부여되지 않았어. 그냥 튼튼하기만 하지."

보통 마갑이라면 여러 보조 능력이 붙게 마련이다. 저주를 피하게 하는 항마의 능력이나 불꽃 혹은 뇌전을 일으키는 능력이라거나…….

마갑 루브레스크에 그런 식의 기능은 없었다.

부여된 마법은 딱 세 개뿐.

"자동 탈착 기능, 사이즈 조절 기능, 자가 수리 기능."

알리타와 제논이 눈을 깜빡였다. 순간 이해가 안 간 탓이었다.

시한이 해설을 덧붙였다.

"그러니까 저절로 입고 벗을 수 있고, 알아서 내 신체 사이즈에 딱 맞게 조절되고, 굳이 관리 안 해도 내버려두면 멀쩡해지고, 때도 안 탄다고."

이제 이해가 갔다.

"우와!"

"완전히 꿈의 갑옷 아닙니까, 그거?"

기사인 제논은 금속 갑옷이란 게 얼마나 관리하기 힘들고 운용이 거추장스러운지 잘 알고 있었다. 요새 하프 플레이트 아머로 장비를 바꾼 알리타도 마찬가지였다.

풀 플레이트 아머 정도는 아니지만 하프 플레이트 아머도 어지간히 익숙해지기 전엔 홀로 입고 벗기 힘들다. 그래서 그녀는 여태 매번 디나의 도움을 받고 있었다. 애초에 종자의 임무 중 하나가 마스터의 갑옷 탈착을 돕는 것이기도 하다.

그런데 시동어만 외우면 알아서 탈착되는 마갑이라고?

게다가 수리할 필요도 없고, 몸에 딱 맞아서 어떤 경우에도 움직이는 데 거추장스럽지 않단 말이야?

알리타와 제논이 맹렬하게 고개를 끄덕였다.

"진정한 최고의 마갑이네요."

"그러게. 갑옷이 단단하면 됐지, 뭐가 더 필요해?"

마갑 루브레스크가 어째서 그토록 명성 높은 마갑이었는지 절실히 이해한 두 사람이었다. 은근히 기대하는 눈으로 알리타가 물었다.

"혹시 제 갑옷엔 저런 기능 못 붙여요?"

시한이 코웃음을 쳤다.

"저게 마학적으로 얼마나 힘든 건지 알기나 해? 말이 좋아 자동 탈착이지……."

갑옷의 착용 형태와 대기 형태를 둘 다 만족시키는 기능적 디자인을 해야 하고, 거기에 갑옷끼리 맞물릴 때마다 접합부를 밀리미터 단위로 제어하는 한편, 매번 달라지는 갑옷 착용자의 각 신체 부위의 좌표를 실시간으로 파악하고 변수를 따로 계산해, 그때마다 분리된 갑옷 파츠를 정확히 지정된 좌표로 움직여 고정시켜야 한다.

머리가 아득할 정도로 복잡한 작업이다.

설사 플로어 마스터라도 이런 걸 시켰다간 '그걸 무슨 수로 다 계산하냐? 그냥 네 손으로 처입어!'라는 욕설이 돌아올 것이다.

그런데 여기에 사이즈 조절 기능이며 자동 수선 기능까지 붙인다?

"차라리 불을 쏘고 번개를 쏘고 저주를 튕겨내게 하는 게 쉽지."

"그렇군요……."

알리타가 실망한 표정을 지었다. 시한이 어깨를 으쓱였다.

"그런데 난 원래 전투 스타일상 대인전 땐 금속 갑옷을 안 입었거든? 이계의 마물을 상대할 때나 입었지. 그래서 지금은 루브레스크가 크게 중요하지 않다는 거야. 있으면 좋지만 없어도 뭐……."

진지한 표정으로 그가 말을 이었다.

"하지만 디재스터는 사정이 다르지."

재앙의 검, 마검 디재스터의 능력은 세간에 알려진 그대로였다.

단검에서 2미터에 달하는 대검까지 크기와 형태가 자유자재로 변하는 만능의 검.

"이건 단순히 휴대성이 편한 정도가 아니야."

성시한의 설명에 따르면, 디재스터는 어떤 형태를 취해도 가장 이상적인 검이 된다고 했다. 완벽한 그립감과 무게 중심, 길이와 중량을 가진 검이 된다고.

제논이 고개를 갸웃거렸다.

"확실히 대단하지만 그렇다고 최강의 마검이랄 것까진……."

시한이 제논의 말을 끊었다.

"그러니까 검의 형태가 바뀔 때마다 질량도 같이 바뀐다고."

단순히 금속의 형태만 변하는 것이 아니다. 그때마다 검의 중량과 밀도도 함께 변한다.

"사파란이 그러더라. 마학적으로 보면 말도 안 되는 기적이라고."

물론 질량 변환 범위엔 엄연히 한계가 있다. 단검의 무게에서 대검의 무게까지. 깃털같이 가벼워졌다가 무게가 수백 톤으로 바뀌거나 하진 않는다.

그렇다 해도 현 테라노어의 마학 수준으로는 근접조차 못 할 엄청난 위업이었다. 초대 황제 루스클란 1세가 천여 년이 지난 지금도 여전히 고금 최강의 마기언으로 추앙받는 이유이기도 하다.

"게다가 이 기능을 실전에서 써보면 정말 엄청나거든?"

디재스터의 형태 변환은 의지만으로 순식간에 일어난다. 전투 중에도 딜레이 없이 검을 바꿀 수 있다는 의미다.

"근접해서 휘두를 땐 단검인데, 피해서 돌려 벨 땐 롱소드였다가, 거리를 벌리고 접근을 막을 땐 클레이모어처럼 양손으로 내려칠 수 있지."

또한 형태가 자유롭게 바뀐다는 건, 절대 검이 녹슬거나 이가 빠지지 않는다는 소리다.

"전투 중 검이 좀 상해도 바로 원래의 형태로 되돌리면 되니까. 절대 망가지지 않는 검을 들고 싸우는 셈이잖아?"

그리고 질량이 바뀐다는 건 전투 중 공격이나 방어의 바리에이션이 어마어마하게 넓어진다는 의미도 된다. 똑같은 자세, 똑같은 힘으로 휘둘러도 무게 중심이나 질량이 바뀌면 스피드와 타이밍도 완전히 바뀌니까.

제논과 알리타가 연신 아리송한 표정을 지었다.

"그런 겁니까?"

"듣고 보니 편할 것 같기도……."

아무래도 쉽게 이해가 가지 않는 눈치였다. 시한이 그럴 줄 알았다는 표정을 지었다.

"이건 직접 휘둘러 보기 전엔 실감하지 못할 거야, 아마."

아니면 직접 상대해 보거나.

디재스터의 원래 주인이었던 론다르크 장군을 상대할 때를 떠올리며 그는 문득 치를 떨었다. 간신히 이기긴 했지만, 지금도 가장 위험했던 전투를 떠올리자면 그때가 광제 루스타나드와의 최종전 다음이었다.

알리타가 상상력을 동원해 보았다.

'여러 개의 검을 수시로 바꿔가며 싸우는 상황이랑 비슷한 건가?'

자신이 저런 검을 들고 제논과 싸우는 상상을 해봤는데, 좀 유리해지긴 하겠지만 그렇다고 제논을 이길 수 있을 것 같진 않았다.

"다른 유명한 마검에 비하면 재앙이라 불릴 정도는 아닌 것 같은데요?"

"그야 알리타, 네 수준에선 별로 큰 효용이 없을 테니까."

마검 디재스터는 처음부터 무신급 소드하이어를 위해 만들어진 무기였다.

무신급 소드하이어는 투기술의 극한에 다다른 존재, 그쯤 되면 어지간한 마검은 별 도움이 되지 않는다. 본인의 능력으로도 다 할 수 있는 것이니까.

"거인의 힘을 발휘하게 해주는 마법의 장갑이 있다고 쳐 봐. 그걸 거인이 사용하면 도움이 되겠냐, 안 되겠냐?"

마검 디재스터는 더 이상 올라갈 곳이 없는 무신급 소드하이어조차도 전투적 유리함을 취할 수 있는 거의 유일한 무기인 것이다.

"그래서 재앙이라는 이름이 붙었지."

디재스터를 필요로 할 정도면 무신급 소드하이어란 소리고, 무신급 소드하이어가 작정하고 힘을 쓰면 그 자체로 이미 재앙이다.

"헤에, 그런 거예요?"

"알 듯 말 듯하군요……."

여전히 이해하지 못한 두 사람을 보며 시한은 피식 웃었다.

"하여튼 디재스터는 꼭 손에 넣어야 해. 다른 배신자들 손에 들어가는 걸 방지하기 위해서라도 말이지."

*   *   *

국경을 넘은 시한 일행은 계속 북으로 향했다.

날이 갈수록 기온이 떨어진다. 날짜상으론 아직 초겨울이지만 이미 호수가 꽁꽁 얼 정도다.

디나와 알리타가 울상을 지었다.

"아우, 북쪽 나라 춥네요, 마스터……."

"이 갑옷 때문에 더 추운 것 같아, 얘."

두 사람의 방한 대책은 몸에 걸친 금속 갑옷 위에 털가죽 망토를 걸친 것이 전부였다. 두꺼운 외투까지 입으면 전투 시 제대로 움직일 수가 없는 까닭이다.

망토의 깃을 여미며 알리타가 투덜거렸다.

"칫, 기사급 됐다고 다 좋은 건 아니네."

반면 가죽 갑옷 차림인 제논은 제대로 털가죽 코트를 입고 있어 별문제 없었다. 제논이 히죽 웃었다.

"달인급 되니 좋구만."

성시한 같은 경우엔 아예 추위 자체를 못 느끼는 표정이었다. 초인급 소드하이어의 경지에 들면 더위와 추위를 극복하게 되기에 이 정도의 한파로는 별 감흥이 없는 것이다.

실은 그냥 평소 차림대로 돌아다녀도 상관없지만 '나는 초인급 소드하이어요!'라고 광고하고 다니는 셈이라 일부러 털외투 정도는 입고 있었다.

추위하는 알리타와 디나를 보며 성시한이 혀를 찼다.

"사실 대륙의 북쪽에서 쓰는 방한용 갑옷이 따로 있는데 켈테론이 이것까진 신경 못 썼나 보네. 에케스 시까지만 참아,

그곳에선 기존의 갑옷에 장착하는 방한용 파츠도 구할 수 있을 거야."

에케스 시는 시한 일행의 목적지인 테라노어 대륙 최북단의 도시였다. 그보다 더 북쪽에도 사람이 살지 않는 것은 아니지만 적어도 도시라는 형태로는 최북단이다.

또한 태양의 교단 본산, 래디언스 원이 위치한 곳이기도 했다.

"정확히는 래디언스 원 때문에 에케스 시가 생긴 것이지만."

성시한의 말에 디나가 고개를 갸웃거렸다.

"그런데 태양의 교단 본산이 왜 이렇게 추운 곳에 있는 건가요? 햇빛도 엄청 약한데?"

어쩐지 태양의 신전이라 하면 강렬한 햇살과 무더운 기후의, 온갖 푸른 기화요초가 자라고 있는 지역에 위치해야 할 것 같은 것이다. 이렇게 눈 덮인 추운 나라가 아니라.

"물론 더운 지방에도 태양의 교단 신전이 많긴 하지만……."

대꾸하며 시한이 디나를 바라보았다.

"생각해 봐. 땡볕 내려쬐는 사막에서 탈진 직전이 되어 올려다보는 태양이랑 기나긴 겨울밤이 끝나고 마침내 떠오르는 태양, 어느 쪽이 더 고맙고 위대해 보이고 사랑스러울 것 같아?"

"듣고 보니 그런 것 같기도……."

"낮과 광휘와 태양의 신, 아란 테세린의 권능은 결코 다함이 없으니 극지의 추위조차도 따스하게 감싼다? 뭐, 이런 상징성 때문에 이곳에 세워졌다고 들었어. 물론 명분은 저렇고, 실제론 제국 시절 북부 개발에 따른 정치적 이유 때문에 그렇다던데… 자세한 건 나도 모르지."

알리타가 입김을 호호 불었다.

"이유야 어찌 됐든 사막 한가운데 있는 것보단 낫네요."

제논이 의외란 표정을 지었다.

"추위보다 더위를 더 싫어하는 쪽인가, 알리타?"

"꼭 그런 건 아닌데……. 추울 때야 불을 피우고 옷을 껴입으면 되지만, 더울 때는 옷을 벗어도 끝이 없잖아요. 불 끈다고 시원해지는 것도 아니고."

"그건 또 해괴한 관점이군. 보통은 추위를 더위보다 더 두려워해야 정상 아닌가?"

그렇게 대화를 나누며 일행은 계속 여정을 재촉했다. 그리고 며칠 뒤, 마침내 에케스 시에 도착했다.

*　　　*　　　*

에케스 시는 래디언스 원을 오가는 아란 테세린의 고위 프린들과 순례자들, 그리고 태양의 교단이 소모하는 각종 물자를 나르는 상단들로 이루어진 도시다. 유동 인구가 많은 만큼 북부의 특산물이 모이는 교역 도시 역할도 겸하고 있다.

그래서 에케스 시는 대륙 최북단이란 위치적인 조건에도 불구하고 상당한 규모를 지니고 있었다.

사방에 높은 성벽을 두르고, 안쪽에는 낮지만 튼튼하게 지어진 건물들이 끝없이 이어진다. 오가는 행인들의 숫자도 꽤 많다. 추운 날씨임에도 다들 활기차게 거리를 오간다.

그 속엔 막 도시에 도착한 시한 일행도 있었다.

성시한은 주위를 둘러보며 놀란 표정을 지었다.

"생각보다 사람이 많네?"

테라노어 곳곳을 돌아다녀 본 그였지만 이 도시는 처음이다. 춥고 눈 덮인 음침한 도시란 이미지만 가지고 있었는데, 직접 보니 꽤나 번화한 곳이 아닌가?

"여관도 엄청 많고."

정기적으로 오가는 상단의 경우엔 매번 여관을 잡으니 그냥 정해진 거점을 마련하는 게 편하다. 하지만 순례자 같은 불특정 다수의 유동 인구가 많은 에케스 시에선 그만큼 숙박업에 대한 수요도 크다.

수많은 여관을 보며 알리타가 고개를 끄덕였다.

"방 잡긴 편하겠네요."

"우리야 그럴 필요가 없지만."

시한의 말대로였다. 이곳엔 디나의 외가, 셀레트 상단의 에케스 지부가 있는 것이다.

찾아가서 가문의 상징만 들이밀면 한 상 거하게 얻어먹고 뜨신 방도 얻을 수 있다.

남쪽 하늘을 바라보며 제논이 혀를 내둘렀다.

"거참, 그 먼 릴스타인 왕국에서 용케 여기까지 상단을 보냈군."

"그야 육로를 사용하는 게 아니니까요."

에케스 시 서쪽으로 사흘 거리에 부동항(不凍港) 그란팔이 있다. 태양의 교단 본산을 찾는 상단과 순례자들은 그곳에서 배를 이용하는 경우가 대부분이었다. 시한 일행이야 인접한 라텐베르크 왕국에서 출발해서 육로를 이용했지만.

설명을 마친 뒤 디나가 일행을 재촉했다.

"그럼 에케스 지부 건물로 가요. 미리 연락을 해두었으니 며칠째 기다리고 있을 거예요."

카렌의 말에 따르면 디재스터와 루브레스크, 적룡의 망토는 교단 본산에서도 가장 은밀한 장소에 숨겨져 강력한 결계로 보호받고 있다고 했다.

"제9층의 마법이나 교황급 프린의 최고위 신성술, 심지어 잠형기 같은 은신용 투기술로도 그 결계를 건드리지 않고 침투하는 건 불가능하다고 하더군."

신전 내부 구조도를 테이블 위에 펼친 채 성시한은 설명을 이었다.

"그렇다 보니 나도 침투하기가 영 까다로워. 밤의 눈동자처럼 슥 들어가서 물건만 챙겨 나오긴 힘들겠어."

지도를 내려다보며 알리타가 의문을 표했다.

"일국의 왕궁보다도 더 철저한 결계라는 거예요? 아무리 디재스터나 루브레스크가 굉장한 마도구라지만 좀 과해 보이는데……"

시한이 쓴웃음을 지었다.

"그게, 이건 릴스타인을 비롯한 여섯 명이 손을 합쳐서 만든 것이거든."

서로가 서로를 경계해 아무도 차지하지 못하도록 이 오지까지 옮긴 보물이다. 애초에 이 결계의 대상은 혁명 6영웅 중 누군가인 것이다.

게다가 그들은 서로를 너무 잘 알고 있다.

"우리끼리 기술 공유를 좀 했어야지? 각자의 장단점이야 뻔히 알지."

특히나 저들이 가장 철저히 경계한 것이 바로 시프 퀸 레비나의 투기술이었다. 그렇다 보니 아무리 성시한이라도 방법이 바로 떠오르지 않았다. 잠형기로도 파고들 방법이 없는 결계니까.

머리를 굴리며 제논이 물었다.

"결계를 우회할 수 없다면, 아예 파괴하는 건 어떻습니까? 설사 들킨다 해도 속전속결로 보물만 챙겨 도주하면……."

"그건 가능하겠지."

아무리 결계가 강해도 한계는 있다. 무신기까지 갈 것도 없이, 투기진이나 투기강만으로도 부숴버리는 것은 별문제가 없을 것이다.

"그런데 애초에 그것까지 염두에 두고 만든 결계야, 이거."

어차피 혁명 6영웅 중 한 명이 작정하고 달려들면 이 결계로도 막을 순 없다. 하지만 그 경우 범인의 흔적이 고스란히 남는 것이다. 최소 고유 투기술 정도는 써야 부술 수 있는 결계니까.

남은 다섯 명을 모조리 적으로 돌릴 작정이 아니고서야 함부로 할 짓이 아니다.

"게다가 결계를 강제로 부수면 그 여파로 신전도 절반 이상 날아가 버릴 텐데……."

시한이 난처한 듯 웃었다.

"그랬다간 죄 없는 사람들이 죽게 되잖아."

제국에 빌붙어 타락했던 시절이라면 모를까, 현재 태양의 교단 프린들은 다들 올바르고 신실했다. 사람들의 존경과 사랑을 받는 이들을 그저 성시한의 사적인 이유로 죽여 버릴 순 없는 노릇이다.

"어떻게든 몰래 침투해야 할 텐데, 이거 쉽지 않네."

내부 구조도와 카렌에게서 들은 결계의 정보를 조합하며 시한은 골머리를 앓았다. 제논과 알리타도 지도를 살피며 열심히 머리를 굴렸다.

참고로 디나는 이 자리에 없었다. 일찌감치 분위기를 파악하고 자리를 피한 후였다,

'그럼 다들 수고하세요.'

그녀는 여전히 시한 일행이 켈테론의 비밀 임무를 행하고 있는 줄 아는 것이다.

일국의 재상이 용병왕 바락, 무려 무신급 소드하이어의 후계자에게 비밀리에 임무를 내렸다. 척 봐도 뭔가 국가적인 중대사일 것 같은 느낌이 풀풀 풍긴다.

무릇 좋은 종자란 제 분수를 알아야하는 법. 디나는 이런 큰일에 함부로 호기심을 드러낼 만큼 멍청하지 않았다.

알리타가 시한을 보며 물었다.

"디나에겐 언제 말할 거예요?"

그는 애매한 표정으로 머리를 긁었다.

"어쩌다 보니 기회가 잘 안 오네."

어느 날 갑자기 뜬금없이 말한다.

안녕, 디나. 나는 사실 이계구원자 성시한이었어. 그 비밀을

알려줬으니 이젠 굳이 자리를 피하지 않아도 돼. 물론 네가 이 자리에 있어 봤자 도움 될 것은 없고, 이 비밀을 알려줘야 할 필요도 없긴 하지만, 그래도 그냥 알아두라고.

"…이건 뭔가 어색하지? 잘난 척하는 것도 아니고."

"그러게요……."

시한은 고소를 머금은 채 다시 지도로 시선을 옮겼다.

"일단은 이 일부터 처리하고 보자고."

성시한은 방에 틀어박혀 래디언스 원에 펼쳐진 결계에 대해 연구했다. 카렌의 정보를 옮겨 적은 스펠북과 켈테론이 구한 태양의 교단 정보를 비교해 가며, 머리에 쥐가 나도록 고민하고 또 고민했다.

하지만 도저히 결계를 건드리지 않고 돌파할 방법은 찾지 못했다.

에케스 시에 도착한 지 사흘째 되는 날의 깊은 밤.

성시한이 제논과 알리타를 불렀다.

"오늘 밤에 거행한다."

"오! 드디어 결계를 우회할 방법을 찾으신 겁니까?"

제논의 감탄에 시한이 초를 쳤다.

"아니, 전혀 못 찾았어."

이미 한 번 접해본 패턴의 대화라 알리타는 당황하지 않았다.

"그럼 어떤 방법을 찾았어요?"

"무고한 이들의 희생을 피할 방법."

현 테라노어 최강자들이 힘을 합쳐 설치한 고도의 결계였다. 아무리 성시한이라도 그들 모두를 합친 것보다 지혜롭진 않았다.

도저히 결계를 우회할 수도, 흔적을 남기지 않을 수도 없었다.

"그런데 과연 지금 내 문제가 결계 우회나 흔적 안 남기기던가?"

시한이 난감해하는 부분은 어디까지나 결계가 파괴될 때 일어나는 부수적인 희생이다.

발상을 바꾸니 바로 답이 보였다.

"전력으로 결계를 부수고, 전력으로 그 여파를 갈무리해 버리면 돼. 그럼 불필요한 파괴를 막을 수 있지."

그 결과로 당연히 침투 사실을 들키겠지만, 까짓것 디재스터며 루브레스크를 들고 전력으로 내빼버리면 그만이다. 제논이나 알리타, 디나와는 나중에 합류하면 되고.

그럴듯하다며 알리타가 고개를 끄덕였다. 그리고 물었다.

"하지만 시한의 고유 투기술은요? 그 흔적은 어떻게 해요?"

해결책은 의외로 간단했다.

"뇌신기만을 써서 부술 거야."

뇌신기(雷神氣)는 염룡기(炎龍氣)와 함께 테라노어에서 명성이 자자한 테오란트의 고유 투기술이다.

"그럼 뭐, 흔적이 남아도 테오란트 짓인 줄 알겠지."

마도구를 되찾을 수 있을 뿐 아니라 배신자에게 한 방 먹여줄 수도 있다. 제논이 감탄을 터뜨렸다.

"그거 좋은데요?"

"그렇지? 레비나에게 뒤집어씌울까도 생각해 봤는데, 잠형기나 은형살로는 결계 부수기는 가능해도 파괴력 억제가 힘들더라고."

곧바로 시한 일행은 숙소를 빠져나왔다.

셀레트 상단 에케스 지부는 래디언스 원과 두 블록 정도밖에 떨어져 있지 않았다. 밤거리 너머로 어둠에 휩싸인 커다란 신전이 보인다.

워낙 깊은 밤이라 주위에 사람은 없었다.

한국에서야 특유의 회식 문화 때문에 황혼에서 새벽까지 밤거리를 헤매는 이들이 즐비하지만, 이곳은 전등 따윈 없는 테라노어다. 심야에 밖에 나와 봤자 뭐 할 것도 없는 것이다. 더구나 이런 추운 지방에서 야밤에 돌아다녔다간 얼어 죽는다.

"보는 눈 하나 없고, 딱 좋네."

시한은 중얼거리며 제논과 알리타를 돌아보았다. 그리고 진지한 표정을 지었다.

"혹시 내가 실패할 수도 있으니 대비는 하고 있어."

"시한이 실패했는지 아닌지 우리가 어떻게 알아요?"

알리타의 질문에 그가 빙긋 웃었다.

"멀쩡한 신전에 갑자기 불기둥이 솟고 무지막지한 폭발이 펑펑 일어나면 실패한 거지, 뭘."

"아, 하긴."

그는 다시 래디언스 원 쪽으로 시선을 옮겼다. 밤거리 너머의 거대한 신전을 노려보며 걸음을 뗀다.

"그럼 다녀올게."

바로 그때였다.

콰아아아아앙!

갑자기 밤하늘 가득 굉음이 울려 퍼졌다. 순간 세 사람의 눈이 동그래졌다.

굉음의 출처는 바로 태양의 교단 본산, 래디언스 원이었다.

멀쩡한 신전에 갑자기 불기둥이 솟더니 무지막지한 폭발이 펑펑 일어나고 있는 것이다!

쾅! 쾅! 콰콰콰쾅!

요란한 폭발음 사이로 침묵이 흘렀다. 알리타도 제논도 눈만 깜빡거리며 시한을 바라보았다.

엉거주춤한 자세로 성시한이 식은땀을 흘렸다.

"이, 이 상황은 대체 뭐래?"

누가 먼저랄 것도 없이 시한 일행은 바로 움직였다. 어두운 밤거리를 무서운 속도로 질주하며 불타는 신전으로 향했다.

태양의 교단 본산, 래디언스 원은 아비규환 그 자체였다.

"으으……."

"사, 살려……."

무너진 건물 조각들 사이로 붉은 화염이 이글거린다. 사방에 태양신의 법복을 입은 수많은 시체와 부상자들이 즐비하다.

"제기랄! 이런 꼴 안 보려고 그토록 골머리를 앓은 건데!"

성시한은 이를 갈며 마법을 준비했다.

"폭우여, 이 땅에 임하라. 서먼 스콜(Summon squall)!"

신전을 중심으로 요란한 빗줄기가 내리기 시작했다. 이글거리던 불길이 빠른 속도로 꺼져 갔다.

알리타와 제논을 돌아보며 시한이 소리쳤다.

"사람들부터 구해!"

"네!"

"알겠습니다!"

투기검으로 바위를 가르고 신음하는 부상자들을 끌어낸다. 검댕과 진창 사이를 헤집으며 시한 일행은 열심히 구조 작업을 펼쳤다.

구출된 늙은 프린 한 명이 시한을 보며 눈시울을 붉혔다.

"오오, 아란 테세린께서 가호하심이로다……."

"괜찮으십니까?"

"내, 내 몸이 문제가 아니라오……."

늙은 프린이 신음하며 눈을 부릅떴다.

"교단의 성물을 노리고 온 간악한 도적놈이 있소!"

그 순간 무너진 건물 파편이 폭발하듯 사방으로 튀어 올랐다.

콰아앙!

폭음과 동시에 그림자 하나가 허공으로 솟구쳤다.

그림자의 정체는 날카로운 롱 소드를 들고 풀 플레이트 아머를 걸친 기사였다. 붉은 망토를 휘날리며 기사가 제논을 향해 달려갔다.

"크어어어!"

기합이라기보단 야수의 울부짖음에 가까운 괴성을 토하며, 정체불명의 기사는 제논의 정수리로 투기검을 내리쳤다. 제논도 재빨리 공격을 막으며 반격에 나섰다.

"그대가 범인인가?!"

패왕기를 끌어내 투 핸디드 소드에 부여한 뒤 연신 참격을 날린다. 아지랑이가 피어오르며 날카로운 기세가 상대의 사방을 뒤덮었다.

"……."

말없이 기사가 반격에 나섰다. 동시에 붉은빛이 롱 소드의 칼날을 타고 올랐다. 제논의 안색이 굳었다.

'투기강?'

붉은 파괴의 빛이 제논의 검세를 모조리 걷어내며 역으로 파고들어 온다.

'젠장! 초인급 소드하이어라니!'

당황 속에서도 제논은 침착하게 대응했다.

성시한과 질리도록 대련을 한 몸이었다. 투기강을 상대해 본 경험도 꽤나 많았다.

투기검으로 투기강과 맞붙으면 보나마나 필패. 무조건 검의 충돌을 피하며 상대의 공격을 흘리는 데만 주력해야 한다. 이런다고 투기강을 이길 수 있는 건 아니지만, '조금 더' 오래 버틸 수는 있는 것이다.

"타아아앗!"

두 손으로 휘두르라고 만든 검을 한 손으로 찔러대는 그 무식함 앞에선 초인급 소드하이어라도 당황치 않을 수 없었다. 덕분에 제논은 용케 버텨냈다. 그리 긴 시간은 아니었지만, 멀리 떨어진 성시한이 달려오기엔 충분한 시간이기도 했다.

"제논!"

순식간에 거리를 좁히며 시한이 바스타드 소드를 빼 들었다.

그의 접근을 알아챈 기사가 미련을 버리고 뒤로 뛰었다. 그리고 쓰러진 부상자들을 향해 투기탄을 쏘아냈다.

'이놈이?!'

시한은 인상을 썼다. 상대의 속셈이 뻔히 보였다.

문제는 알면서도 당할 수밖에 없다는 것이다. 황급히 몸을 틀어 그는 부상자들 쪽으로 투기검을 길게 휘둘렀다.

투기검과 날아드는 투기탄이 충돌해 굉음을 내었다.

콰콰콰쾅!

잠시 시한의 발이 멈췄다. 그 틈에 정체불명의 기사가 더욱 속도를 높여 신전 동쪽의 밤거리로 달려갔다.

멀리서 늙은 프린이 절규하듯 고함을 터뜨렸다.

"놓치면 아니 되오!"

정신 나간 사람처럼 손가락질하며 외쳐댄다.

"저자요! 저 간악한 자가 성물을!"

시한도 알고 있었다. 저 기사의 검과 갑옷, 그리고 등에 늘 어뜨린 붉은 망토는…….

'디재스터와 루브레스크, 적룡의 망토잖아!'

시한 역시 기사의 뒤를 쫓아 몸을 날렸다.

*　　　*　　　*

어둠이 깔린 에케스 시의 지붕들 사이로 두 그림자가 빠르게 질주한다. 정체불명의 기사와 그 뒤를 쫓는 성시한이었다.

저 멀리 도주하는 상대를 노려보며 시한은 인상을 썼다.

'저거, 뭐 하는 놈이지?'

투구를 쓰고 있어 얼굴을 알아볼 순 없다. 하지만 체구가 상당히 건장하다.

신장이 190센티미터 정도? 제논보다야 작지만 테라노어에서 보기 드문 거구인 건 마찬가지다.

'초인급 소드하이어 중에 저런 거구가 있었나?'

초인급이라곤 해도 사실 초입 정도의 수준이긴 했다. 투기강의 수준도 높지 않고 투기진을 쓰기엔 많이 부족해 보인다. 과거의 혁명 7영웅이나 루스클란 육호장과 비교하면 몇 수나 아래였다.

그렇다 해도 보기 드문 경지인 것은 틀림없었다.

'저 정도면 이름이 안 알려졌을 리가 없는데? 아, 그것도 아닌가?'

시한이 테라노어를 떠난 지 십 년이나 지났다. 당시엔 두각을 못 드러내다가 이제 와서 벽을 넘은 자일 수도 있다.

'뭐, 잡아서 투구를 벗겨보면 알겠지.'

두 사람은 연신 지붕과 지붕을 넘나들며 무서운 속도로 추격전을 벌였다. 곳곳에서 창문이 열리고 웅성대는 이들이 머리를 내밀었다.

"뭐야?"

"무슨 일이지?"

신전의 폭발 때문에 잠에서 깬 시민들이었다. 밖을 내다보며 당황한 표정을 짓는 사람들의 눈에 밤하늘을 가르는 두 사람의 모습이 보였다.

"저건?"

"소드하이어인가?"

그 시민들을 향해, 정체불명의 기사가 검을 휘둘렀다. 또 투기탄을 쏘는 것이다. 시민들이 비명을 터뜨렸다.

"으아악!"

"사, 사람 살……"

이를 갈며 성시한이 재차 투기검을 휘둘러 투기탄을 튕겨냈다.

"아, 진짜 치사하게 구네!"

그 틈에 기사가 또다시 거리를 벌렸다.

이것이 시한이 아직 상대를 붙잡지 못한 이유였다. 거리 좀 좁혔다 싶으면 바로 시민을 인질로 삼아 시한의 발을 묶는 것이다.

하지만 그걸 감안해도 성시한과 저 기사의 기량 차는 상당하다. 사실 작정하고 쫓아갔으면 진작 붙잡았다.

굳이 전력을 다하지 않은 이유는…….

'일단 도망가라. 인적 드문 곳까진 보내주마.'

계속 도주하던 기사의 앞에 커다란 성벽이 나왔다. 한달음에 뛰어올라 기사가 성벽을 넘었다.

성벽 밖은 황량한 광야였다. 드문드문 검불이 돋은 황야를 향해 갑옷 입은 기사가 무서운 속도로 달려간다.

그때였다.

"거기까지."

갑자기 성시한의 스피드가 무섭게 빨라지더니 단숨에 거리를 좁혔다.

순백의 투기강이 번뜩였다. 선명한 파괴의 빛이 밤하늘을 가르며 날아들어 대지를 길게 그었다.

콰콰콰쾅!

폭발을 앞두고 기사의 발이 멈췄다. 어느새 성시한이 그의 앞을 가로막고 있었다.

"……."

기사는 말없이 주위를 두리번거렸다. 시한이 싸늘하게 웃었다.

"더 이상 위협할 시민이 없지?"

정체불명의 기사는 아무 대꾸도 하지 않았다.

대신 손에 쥔 롱 소드, 디재스터를 들고 전투 자세를 취한다. 몸에 걸친 마갑 루브레스크가 투기로 진동하며 적룡의 망토가 맹렬히 펄럭이기 시작한다.

시한 역시 자세를 취하며 검을 겨눴다.

"그럼 어디서 온 놈인지 확인해 볼까?"

"크아아아!"

얼굴을 가린 기사가 짐승 같은 괴성을 터뜨렸다. 붉은 투기강이 빛을 발하며 디재스터의 검신을 뒤덮었다.

성시한도 검에 덧씌운 투기강의 기세를 더욱 높였다.

평소의 푸른빛이 아닌 새하얀 투기강이었다. 일부러 고유 투기술이 아니라 파산기를 이용해 투기강을 끌어낸 것이다.

'꽤나 먼 거리긴 하지만, 그래도 혹시 성벽 위에서 누가 볼지도 모르니까.'

일단은 정체를 감추고 신중하게 상대의 기량부터 파악할 셈이었다.

붉은 섬광을 휘두르며 기사가 돌진했다. 시한도 맞서 검을 휘둘렀다.

적색과 백색의 빛이 허공에서 몇 번이나 충돌하며 뇌성을 토했다.

콰콰쾅!

둘의 격돌은 압도적으로 성시한의 승리였다.

몇 번 검격을 교환하는 것만으로 정체불명의 기사는 연신 뒤로 밀려났다. 아무래도 기량 차가 너무 현저했다.

그러자 기사가 본격적으로 투기를 운용하기 시작했다. 전신에 붉은빛을 발하며 칼날 위로 전격이 튀어 오른다.

"어, 이거……."

시한은 당황했다. 어째 익숙한 형태의 투기술이었다.

"테오란트의 뇌신기잖아?"

방전음을 울리며 기사가 다시 검을 휘둘렀다.

검과 검이 충돌할 때마다 전격이 타고 흐른다. 투기로 몸을 보호하지 않으면 전신이 구워질 정도로 강력한 전격이었다. 뇌신기는 그 특성상, 그저 검을 맞대기만 해도 충분한 공격력이 있는 것이다.

하지만 시한은 굳이 따로 투기를 끌어내 방어하지 않았다.

이미 예전의 힘을 모두 되찾았기에 기본 투기량만으로도 이 정도 전격은 얼마든지 무시할 수 있었다.

몇 번이나 검을 내리쳐도 별 효과가 없자 기사가 투기술을 바꿨다.

화르륵!

전격 대신 이글거리는 화염이 디재스터의 검신을 휘감았다.

시한이 더욱 눈살을 찌푸렸다.

"염룡기까지?"

뇌신기와 염룡기, 뇌화(雷火)라는 이명을 갖게 해준 테오란트의 고유 투기술을 저 정체불명의 기사가 구사하고 있었다.

"테오란트의 제자였나?"

생각해 보니 테오란트는 슬슬 40대 중후반이었다. 성시한의 막내 삼촌보다도 나이가 많다. 여기가 테라노어니까 친구처럼 굴 수 있었지, 한국이었다면 어림도 없었을 것이다.

'하긴, 제자가 있어도 이상할 나이는 아니지.'

납득하며 성시한은 차분히 파산기로 기사의 염룡기를 상대했다. 일렁이는 화염을 검풍으로 흩어 놓으며 착실하게 공격의 맥을 끊는다.

그러던 중이었다.

시한이 아리송한 표정을 지었다.

'좀 이상한데?'

뇌신기나 염룡기는 폭렬기 못지않게 익히기 힘든 최고위 투기술이었다. 그리고 지금 이 기사는 완벽에 가까운 투기의 운용을 보여주고 있었다. 투기량이 부족하다는 점만 빼면, 왕년의 테오란트와 비교해도 떨어지지 않을 정도였다.

불꽃과 뇌전을 일으키고, 그것을 검에 실어 한 점에 위력을 집중하고, 투기의 흐름을 제어해 전투를 장악하는 운용법 모두 나무랄 데가 없다.

그런데도 시한은 파산기만으로 쉽게 기사를 상대할 수 있었다.

'이 인간, 검술 왜 이래?'

투기술에 비해 검술 수준이 너무 낮았던 것이다.

내려치고, 올려 베고, 사선으로 긋는다. 그게 전부다.

그렇다고 무슨 전설 속 검의 달인처럼 기본기가 너무도 완벽해 그것만으로 충분한 경지인 것도 아니다. 그냥 평범하게 어설프다. 페인트도 없고, 연격도 없고, 공격이 자연스럽게 이어지지도 않는다.

'아니, 사람 한 번 안 베어보고 골방에 처박혀 혼자 수련했나?'

하지만 그 경우라면 뇌신기나 염룡기를 저토록 수준 높게 익힌 게 말이 안 된다.

황당해하면서도 성시한은 신중함을 잃지 않았다.

'너무 수상하니까 오히려 경계심이 커지네.'

차분하게 그는 파산기를 운용해 상대의 공격을 걷어냈다. 화염을 더더욱 크게 일으키며 기사가 공격에 나섰다.

하지만 옷깃 하나 스칠 수 없었다. 파산기와 염룡기는 분명 수준 차가 큰 투기술이었지만, 성시한과 저 기사의 수준 차가 훨씬 더 컸다.

'어디……'

간단히 접근한 뒤 시한은 슬그머니 강격을 날려 보았다.

"크억!"

비명을 흘리며 기사가 뒤로 날려갔다. 실 끊어진 연처럼 풀풀 잘도 날아간다.

"…연기하는 것도 아닌데?"

도저히 이해가 안 가서 몇 대 더 쳐봤다.

"큭! 커억! 크어억!"

실 끊어진 연이 아주 떼로 날아갔다.

밸런스가 엉망인 것도 정도껏이지, 투기량에 비해 기본기가 부실하다고 잔소리를 듣고 산 과거의 성시한도 저 정도는 아니었다.

"나 원 참……."

어이없어 하면서 시한은 계속 손을 썼다. 순백의 투기강이 이글거리는 홍염 사이로 몇 번이나 파고들어 상대를 강타했다.

쾅! 쾅! 콰쾅!

기사의 전신에서 연거푸 폭음이 울렸다. 그럼에도 용케 쓰러지지는 않았다. 마갑 루브레스크가 워낙 단단하다 보니 어지간한 충격은 감당해 내는 것이다.

뭐, 무신기를 쓰면 한 방에 골로 보낼 수 있겠지만…….

'그랬다간 루브레스크도 골로 가버리니 좀 그렇고.'

시한은 오히려 검을 거뒀다.

바스타드 소드를 도로 허리에 차고, 맨손으로 기사 앞에 선다. 꽤나 모욕적인 광경이었지만 상대는 흔들리지 않았다. 전혀 분노하지 않은 듯 똑같은 동작으로 공격을 가할 뿐이었다.

성시한이 한 발 앞으로 나섰다.

내려치는 칼날을 몸을 틀어 피하며 상대의 옆구리를 손바닥으로 올려 친다. 투기가 실린 충격이 갑옷을 관통해 기사의 육체를 강타했다.

"끄어어……."

내장을 토하는 듯한 격한 신음이 투구 사이로 흘러나왔다.

시한의 공격이 이어졌다.

허리를 굽힌 기사의 턱을 올려 치고, 관자놀이를 팔꿈치로 내리찍은 뒤, 몸을 틀어 돌려차기와 옆차기를 연거푸 날린다.

왕년에 카렌 이나시우스에게서 배운 맨손 격투술, 리자테린이었다.

물 흐르는 듯한 자연스러운 공세 앞에서 기사는 아무 반항도 하지 못했다. 비참하게 얻어터진 상대의 팔을 꺾어 억누르며 시한은 고개를 갸웃거렸다.

결국 간단히 상대를 제압하는 데 성공했다.

"뭐야? 방심을 유도하는 것도 아니고, 정말로 실력이 이것뿐이었어?"

　"크으으……."

　붙잡힌 기사가 신음을 흘리며 발버둥을 쳤다. 하지만 시한
의 손아귀에서 벗어날 순 없었다. 관절기란 게 원래 갑옷 입
은 상대를 제압하기 위해 발달한 기술인지라 루브레스크의
방어력은 아무 도움이 되지 않았다.

　아무리 초인급 소드하이어라도 엄연히 사람이다. 사람 관절
이란 게 한 번 꺾이면 부러지기 전엔 도저히 빠져나올 방법이
없는 것이다.

　거꾸로 말하면, 부러질 경우엔 빠져나올 수 있다.

　"크아아아!"

　기사가 다시 한 번 괴성을 터뜨렸다. 동시에 우두둑하는 기
분 나쁜 감각이 시한의 손아귀에 느껴졌다. 제압된 왼팔을 스
스로 부러뜨린 것이다.

　상대가 몸을 돌리며 시한을 향해 검을 찔렀다. 불꽃과 뇌전
이 동시에 피어올랐다.

　검술과 달리, 기사의 투기술만큼은 거의 허점이 없다. 가공
할 투기의 힘이 성시한의 명치를 노렸다.

　시한은 놀라지 않았다.

　사람 팔다리쯤이야 왕년에 세 자리 수로 꺾어본 그였다. 뼈

부러지는 감각이 기분 나쁘다고 당황하던 시절은 이미 지났다.

"와, 독종일세."

바로 부러진 팔을 놓고서, 손날에 투기강을 덧씌워 상대의 공격을 튕겨냈다. 그 틈에 기사가 몸을 일으킨 뒤 거친 숨을 몰아쉬었다.

"헉, 헉, 헉."

그러면서 연신 주위를 둘러본다. 척 봐도 도주로를 찾는 모양새였다.

물론 도주로 따윈 없었다. 이미 시한의 기세가 이 주위를 모조리 장악한 후였다. 여기서 등을 돌렸다간 곧바로 조금 전과 똑같은 꼴을 당하게 될 것이다.

성시한이 엷은 미소를 띠웠다.

'등 안 돌려도 어차피 결과는 마찬가지겠지만.'

실력 차가 커도 너무 크다. 테라노어 최강의 마검이라는 디재스터를 들고 있어도 그걸 제대로 쓸 기량이 없다. 그나마 루브레스크 덕분에 여태 버틴 것일 뿐이다.

아무리 생각해도 여기서 저 기사가 도망치거나 할 가능성은 전무했다.

하지만…….

'그래도 세상일 모르는 거니까, 자만하지 말고 후딱 제압해

야지.'

곧바로 시한이 몸을 날렸다. 상대가 뭔가 수를 쓰기 전에 확실히 마무리를 지을 생각이었다.

그때였다.

갑자기 정체불명의 기사가 검을 높이 쳐들었다. 롱 소드의 형태를 띤 마검 디재스터가 통째로 붉은빛으로 찬란히 빛나기 시작했다.

경각심을 느끼며 시한이 돌진을 멈추고 방어 자세를 취했다.

'역시 뭔가 숨긴 수가 있었나?'

그 순간, 기사가 우렁찬 괴성과 함께 디재스터를 그대로 하늘 멀리 던져 버렸다.

"으아아아!"

붉게 빛나는 디재스터가 유성처럼 밤하늘을 갈랐다.

초인급 소드하이어의 괴력에 힘입어, 그야말로 쏜살같이 날아간다. 이대로라면 성벽 너머까지 날아갈 판이다.

"헉?!"

기겁하며 성시한이 몸을 날렸다. 미처 머리로 생각하기도 전에 몸이 먼저 움직였다.

'무, 무슨 짓이야!'

전력으로 성벽을 향해 달려간 뒤, 그 높은 벽을 타고 오르며 몸을 솟구친다.

시한이 허공에서 디재스터를 낚아챘다. 도로 성벽 위에 착지한 뒤 그는 황야 쪽으로 시선을 돌렸다. 그리고 혀를 찼다.

"…쳇."

아니나 다를까, 어느새 그 정체불명의 기사는 모습을 감춘 후였다. 이미 기척까지 숨긴 것인지, 기감 영역을 최대한 펼쳤지만 전혀 감지할 수가 없었다.

기가 막혀 웃음이 나왔다.

"하, 하하……."

설마 이렇게 나올 줄은 상상도 하지 못했다.

루브레스크와 적룡의 망토가 아무리 귀한 물건이라도 디재스터에 비하면 격이 많이 떨어진다. 그걸 이렇게 깔끔히 포기해 버리다니?

덕분에 어이없이 상대를 놓쳐 버렸다. 마갑 루브레스크와 적룡의 망토 역시.

"어쨌거나 제일 중요한 건 건졌으니 별문제는 없지만……."

다시 손에 쥔 자신의 애검을 내려다보며 성시한은 그리운 미소를 지었다.

"오랜만이구나, 디재스터."

*　　　*　　　*

래디언스 원은 무려 대륙 전역에 교세를 펼친 태양 교단의 본산이었다. 당연히 상주하고 있는 강력한 프레이어나 소드하이어들도 많았다.

폭발이 일어난 지 수십 분 후, 본산의 환난을 알아챈 그들은 구출 작업을 하러 달려왔다.

딱히 저들이 굼뜨다고 할 순 없었다. 신전의 사고는 한밤중, 모두가 잠든 시간에 터졌으니까. 애초에 신전을 털 생각에 깨어 있던 시한 일행이 너무 일찍 도착했을 뿐이다.

제논과 알리타는 그들과 힘을 합쳐 계속 구출 작업을 도왔다. 그리고 다음 날 새벽, 많은 프린들의 감사 인사를 받으며 묵고 있던 숙소로 돌아갔다.

성시한은 이미 돌아와 있었다.

알리타가 그를 보며 물었다.

"어떻게 됐어요? 그 도둑, 잡았나요?"

시한은 차분히 상황을 설명했다. 그리고 아쉬워하며 혀를 찼다.

"디재스터는 챙겼지만, 루브레스크랑 적룡의 망토는 놓쳤다. 뭐, 큰 문제는 아니지만 생각해 보니 아깝네."

제논이 눈을 반짝였다.

"디재스터, 한번 구경해 봐도 됩니까?"

시한이 실소를 흘렸다. 허리춤을 두드리며 그가 말했다.

"지금 보고 있잖아?"

"네? 하지만 그건 시한이 원래 쓰던 바스타드 소드……."

"그건 저기 있고."

시한의 손짓에 제논과 알리타의 시선이 돌아갔다. 그가 차고 있는 바스타드 소드와 똑같이 생긴 검이 벽 한쪽에 세워져 있었다.

"말했잖아, 디재스터는 어떤 형태로든 변하는 검이라고."

즉, 이렇게 평범한 검으로 위장하는 것도 가능한 것이다.

"헤에, 신기하네요. 만져 봐도 돼요?"

"자, 여기."

초롱초롱한 눈빛으로 알리타는 디재스터를 휘둘러보았다. 동시에 머릿속으로 검의 형태가 변하는 상상을 한다.

"…안 변하는데요? 혹시 투기를 불어넣어야 하나요?"

"그것도 있고, 연습도 좀 필요해. 바로 되는 건 아니지."

도로 디재스터를 받아 든 뒤 시한이 표정을 진지하게 바꿨다.

"어쨌거나 디재스터를 되찾은 건 다행이지만, 좀 이해가 안 가네."

그 정체불명의 기사는 아무래도 테오란트의 수하나 제자로 보였다. 그렇다면 이 일을 벌인 것은 역시 테오란트일 것이다.

"그럼 루브레스크나 적룡의 망토보단 디재스터를 최우선으로 노리는 게 맞거든? 테오란트 역시 디재스터의 진가를 누구보다 잘 알고 있으니까."

알리타가 고개를 갸우뚱 기울였다.

"그게 이상한 일인가요? 도둑질하러 온 사람은 테오란트 본인이 아니라 제자라면서요? 그럼 어느 것이 제일 중요한지 판단을 못 했을 수도 있고, 제일 중요한 걸 포기하더라도 남은 둘을 챙기려고 했을 수도 있죠. 어차피 셋 다 빼앗길 상황이었을 텐데."

"그것도 그렇지만……."

골치 아픈 듯 시한이 머리를 긁었다.

"너무 주저 없이, 미리 계획했던 것처럼 자연스럽게 던져 버리더라고."

조금이라도 머뭇거렸다면 그 역시 그 찰나의 순간을 놓치지 않았을 것이다. 그 정체불명 소드하이어의 태도를 보면, 처음부터 디재스터는 별로 중요하게 여기지 않는 듯했다.

"그냥 내 기분 탓인가?"

뭔가를 생각하더니 제논이 입을 열었다.

"한 가지 궁금한 게 있습니다, 시한."

"뭔데?"

"원래 시한은 뇌신기를 써서 신전을 털 생각이었지요? 테오란트의 짓인 것처럼 위장하려고."

"그랬지. 근데 그게 왜?"

"그리고 저와 알리타에게 폭렬기와 잠형기도 가르쳐 주셨잖습니까? 그럼 시한은 다른 혁명 7영웅의 고유 투기술도 다 아는 겁니까?"

"말했잖아? 우리끼리 기술을 엄청 공유했다고."

십여 년 전만 해도 혁명 7영웅끼리는 감추는 게 없었다. 조금이라도 더 강해질 수 있다면 서로 고유 투기술의 용법도 아낌없이 공개했다.

그 정도로 진한 우정을 지닌 이들이었다.

"지금이야 이 모양 이 꼴 됐지만."

시한이 자조 어린 혼잣말을 흘렸다. 제논이 질문을 이었다.

"그렇다면 다른 혁명 6영웅들도 서로의 고유 투기술에 대해 잘 알고 있는 겁니까? 시한의 고유 투기술도요?"

"아, 그건 아냐. 서로 잘 알고 있는 건 사실인데 파천기랑 도룡기, 혼천기는 다들 몰라."

성시한만 치사하게 자기 투기술들을 감췄다는 소리는 아니다. 머쓱해하며 시한이 말끝을 흐렸다.

"내가 말이지, 저 용법들을 말로 설명할 재주가 없어서……"

천변기 같은 경우엔 그리 난이도가 높지 않은 투기술이라 레비나도 보기만 하고 따라할 수 있었다.

"하지만 파천기나 도룡기, 혼천기는 다르거든."

아무리 천재적인 센스를 지닌 레비나라도 저 정도의 고난도 투기술을 그저 보는 것만으로 재현할 재주는 없는 것이다.

"그래도 패왕기는 다들 알아. 그건 바락 영감님한테서 운용법도 같이 얻었거든. 레비나가 은형살을 완성시킬 때 패왕기 운용법의 도움이 컸지."

"그렇다는 건, 시프 퀸이나 테오란트도 패왕기를 구사할 수 있다는 말씀입니까?"

시한은 고개를 저었다.

"흉내는 낼 수 있겠지만 제대로 된 위력은 안 나올걸."

레비나도 뇌신기나 염룡기의 운용법을 알고 있고, 테오란트도 잠형기나 은형살의 운용법을 알고 있다. 하지만 '아는' 것이지, '익힌' 것은 아니다. 어디까지나 자신의 고유 투기술을 보완하기 위해 참고했을 뿐이다.

"투사급이나 기사급이라면 모를까, 초인급쯤 되면 전신 투기의 흐름이 자기 고유 투기술에 최적화되거든. 그 흐름 때문에 정밀한 투기의 제어가 어긋나 버려."

오직 지구인인 성시한만이, 눈으로 보는 것처럼 투기를 명확하게 느낄 수 있는 그만이 완벽한 카피가 가능하다.

"그렇지 않으면 그놈들이 굳이 저런 결계를 쳤겠어? 서로 고유 투기술의 흔적을 위장할 수 있다면, 결계가 부서져도 누가 범인인지 알아낼 수가 없을 텐데?"

"듣고 보니 그러네요."

알리타가 고개를 끄덕였다. 제논이 다른 의문을 떠올렸다.

"하지만 말입니다, 레비나가 자기 부하에게 뇌신기를 가르칠 수는 있다는 소리지요? 운용법은 알고 있으니까. 그럼 뇌신기를 익혔다고 해서 꼭 테오란트의 제자라고 볼 수만은 없는 것 아닙니까?"

"아, 그럴 순 있겠다……."

당황한 시한은 잠시 생각에 잠겼다. 그리고 이내 제논의 추리를 부정했다.

"아, 그래도 그건 무리야."

그 정체불명의 기사가 구사한 뇌신기는 명확하게 테오란트의 고유 투기술 흐름을 따르고 있었다. 단순히 운용법만 듣고, 스승이란 견본을 접하지 못하고 익힌 수준이 아니었다.

"사실 글로만 투기술을 익혀서 강해지는 경우가 없는 것은 아니야. 개중엔 정말 재능이 넘쳐서 스승 없이도 경지에 오르는 소드하이어들이 가끔 있지. 레비나도 그런 타입이었고."

하지만 운용법만을 읽어 경지에 오른다는 소리는, 모자란 지식을 스스로의 깨달음으로 메운다는 소리다. 자기 개성이 들어가면 그 결과물도 달라진다.

"나니까 테오란트의 뇌신기를 그대로 쓸 수 있는 거지, 보통은 불가능해. 그래서 나도 그런 식으로 위장하겠다고 한 거였고."

성시한은 확신을 가지고 단정을 지었다.

"틀림없어. 래디언스 원을 파괴한 범인은 분명 테오란트의 제자야."

*   *   *

"…라고 다들 생각하고 있겠지, 후후후."

선실 창문을 통해 밖을 내다보며 릴스타인은 희미하게 웃었다. 창문 밖으로 정박해 있는 커다란 범선들이 보였다.

이곳은 에케스 시 서쪽의 위치한 부동항 그란팔. 대륙 남부에 위치한 릴스타인 왕국과는 아득히 떨어진 곳이었다. 설마 일국의 왕이 자기 나라를 떠나, 그것도 홀로 이 머나먼 타국에 와 있을 것이라곤 아무도 상상치 못하리라.

이나시우스 교국 정도는 아니지만, 테오란트 왕국도 릴스타인 왕국과 그렇게 사이가 좋은 편은 아니었다. 적대국은 아니지만 우방도 아닌 데면데면한 관계랄까?

릴스타인이 자국에 몰래 들어왔다는 걸 알게 되면 테오란트가 어떤 식으로 나올진 누구도 모른다. 그리고 설사 우방

국가라 할지라도, 일국의 왕이 호위군도 없이 타국에서 돌아다닌다는 건 충분히 위험하고 무책임한 짓이다.

물론 그는 대륙 최강의 마기언이며, 단신으로도 군대와 맞설 수 있는 무시무시한 마력의 소유자다. 홀로 다닌다고 무슨 일을 당할 가능성은 사실 극히 낮다.

그렇다고 자기 능력만 믿고 위험을 자처한다? 릴스타인은 그렇게 무모한 성격이 아니었다.

"그래서 나도 어지간해선 이런 짓 안 하지만……."

중얼거리며 그는 고개를 돌렸다.

"그 정도는 감수할 가치가 있는 일이니까."

맞은편, 선실 반대쪽에 누군가가 서 있었다. 붉은 망토를 걸친 갑옷의 기사가 한쪽 팔을 늘어뜨린 채 가는 호흡을 내뱉는다.

그를 향해 릴스타인이 사념파를 보냈다.

[갑옷을 벗어라.]

기사가 명령에 따랐다. 마갑 루브레스크가 저절로 벗겨져 바닥에 안착했다.

대륙 남부 네칸 인종 특유의 검은 얼굴이 모습을 드러냈다. 나이는 30대 중반 정도, 흑인치곤 피부색이 옅은 편이었다. 아마도 다른 인종과 피가 섞인 듯했다.

팔이 부러졌음에도 흑인 기사의 얼굴은 무표정했다. 하지만 고통을 느끼지 않는 것은 아니었다.

무심한 표정 위로 연신 식은땀이 흐르고, 희미한 신음이 두툼한 입술 사이로 새어 나온다. 마치 인형 같은 모습이다.

기사의 부러진 팔을 바라보며 릴스타인은 의아해했다.

'아무리 급조했다곤 해도 일단은 초인급 소드하이어인데……'

누구한테 당한 건지 모르겠다. 래디언스 원에 그 정도의 강자가 있던가?

한 번 더 사념파를 보냈다.

[무슨 일이 있었지?]

대답은 없었다. 흑인 기사는 여전히 인형처럼 서 있을 뿐이었다.

"하긴, 그 정도의 자율 의지는 남아 있지 않지. 아직 프로토 타입이라……."

이 '실험체'의 완성도를 생각해 보면 이해할 수 없는 일도 아니었다.

초인급 소드하이어의 상징으로 루스클란 육호장과 혁명 6영웅 중 3인이 언급되긴 하지만, 세상에 초인급 이상의 소드하이어가 저들밖에 없는 건 아니다.

투기강을 구사할 정도의 초인급은 저들 말고도 드물게나마 존재한다. 릴스타인 왕실 기사단장 하이어 엔다원처럼.

'그런 적을 만났다면 지금 수준으론 상대하기 힘들었겠지.'

이름 높은 북부 전사의 고향인 테오란트 왕국, 일월성신의 본산 중 하나가 있는 곳이니만큼 저 정도의 강자가 있다고 해도 이상한 일은 아니었다.

'역시 아직 개선할 점이 많아.'

만일의 경우 디재스터를 미끼로 몸을 빼라는 명령을 사전에 입력해 놓지 않았다면, 아예 일을 그르쳤을 수도 있겠다.

"에휴, 갈 길이 멀구만."

릴스타인은 한숨을 내쉬었다. 그러나 그의 입가엔 숨길 수 없는 미소가 맴돌고 있었다.

어쨌거나 목표는 달성했다.

사념파를 보내며 그가 손가락질을 했다.

[가져와라.]

애당초 디재스터 따윈 관심 없었다. 마갑 루브레스크 역시 마찬가지였다. 있으면 좋지만, 없다고 문제가 되진 않았다.

진정으로 바라는 것은 하나뿐.

흑인 기사가 다가와 붉은 망토를 건넸다.

"적룡의 망토, 이거라면 충분히 그 녀석을 대신할 수 있겠지."

만족스런 얼굴로 릴스타인이 손을 휘저었다.

[이만 물러나 쉬도록.]

흑인 기사가 처음으로 입을 열었다. 그의 입에서 복종의 대답이 들려왔다.

그것은 테라노어의 공용어, 아스틴 어가 아니었다.

지구의 영어였다.

"Yes, Sir."

Chapter 2

설원의 망령

차가운 북풍이 부는 황야, 그 너머의 울창한 침엽수림에 한 사내가 서 있었다. 30대 중반 정도의, 반쯤 벗겨진 머리를 화끈하게 전부 밀어버린 험상궂은 인상의 남자였다.

수풀 사이에 몸을 숨긴 채 사내가 인접한 황야의 저편을 바라보았다.

"오는군."

사내의 어깨 위로 희미한 아지랑이가 피어올랐다. 무형의 경지를 넘어서 유형의 영역에 들어선 투기, 그러나 아직 빛의 형태까지 정립되지는 못했다. 그가 달인급 소드하이어란 증거였다.

투기를 끌어내며 사내는 손가락에 침을 묻혀 위로 들었다. 그리고 자신의 무기를 꺼내 들며 히죽 웃었다.

"바람 좋고."

투기를 다루는 전사를 테라노어에선 소드하이어라 칭한다. 그러나 이것이 모든 소드하이어가 검을 주무기로 쓴다는 의미는 아니다.

두 자루의 배틀 액스를 쓰던 젝센가드나 장창을 쓰던 버클리처럼, 실제 소드하이어의 무장은 굉장히 다양하다. 저 칭호는 어디까지나 검이 가지는 상징성에서 나온 관용구일 뿐이다.

사내의 무기는 활이었다.

일급 마수 드레이크의 뿔로 만든 커다란 장궁을 꺼내 강철을 부어 만든 화살을 건다. 활과 화살 전체에 가공할 기운이 깃든다. 웅웅거리는 음향이 희미하게 사방으로 퍼진다.

사내는 황야를 향해 화살을 겨누었다. 활시위가 팽팽히 당겨졌다.

팟!

섬광이 허공을 갈랐다.

*   *   *

군데군데 눈이 쌓인 황야 가운데로 마차 한 대와 한 무리의 일행이 지나가고 있었다.

평범한 마차가 아니었다. 두꺼운 나무로 만든 튼튼한 차체 위로 보호 마법이 걸린 강철판이 촘촘히 덧대어졌다. 투기와 마법에 대한 강력한 방어의 힘을 부여하는 마법이다.

마차를 호위하는 병력들 역시 예사롭지 않았다. 백여 명의 병사 전원이 테오란트 왕국의 정예병이었다. 심지어 그들 중엔 투사급 소드하이어가 열둘에, 기사급 소드하이어도 여섯이나 배치되어 있었다.

이 정도면 군대라 칭해도 충분할 강력한 전력이었다. 그럼에도 플래크 남작, 테오란트 왕국의 수도 글레이시어로 향하는 세금 수송 마차의 총책임자인 이 30대 중반의 사내는 근심 가득한 표정을 짓고 있었다.

말 위에서 주위를 둘러보며 플래크 남작이 중얼거렸다.

"이 정도면 '설원의 망령'이라도 감히 접근하지 못하겠지?"

요 근래 테오란트 왕국 남부에서 위세를 떨치는 신출귀몰한 도적단이 있었다. 스스로를 '설원의 망령'이라 칭하며, 도적단 주제에 절대 민간인은 노리지 않고 오직 테오란트 왕실 관련 상단과 세금 수송 마차만을 노리는 놈들이었다.

아마도 저들 딴에는 웃기지도 않은 의적 흉내를 내는 모양인데……

"어리석은 놈들, 그래 봤자 백성들의 부담만 늘 뿐이거늘."

플래크 남작은 못마땅한 표정을 지었다.

그가 어리석다 칭하는 건 설원의 망령이 아니라, 저 도적 떼를 정말 의적으로 여기는 백성들이었다.

덕분에 몇 번이나 토벌대를 꾸렸음에도 아직 그 도적단의 꼬리조차 못 잡지 않았는가?

남작 곁에서 말을 몰던 젊은 기사 한 명이 그를 안심시켰다.

"걱정 마십시오, 남작님. 그래 봤자 도적 떼일 뿐입니다."

"하지만 듣기론 놈들 중엔 무려 소드하이어도 있다고……."

설원의 망령에게 당한 상단 중에는 소드하이어를 꽤나 보유하고 있는 곳도 있었다. 그런데도 대책 없이 당했다. 놈들은 결코 평범한 도적단 나부랭이가 아닌 것이다.

젊은 기사가 살짝 투기를 드러냈다.

"있어 봐야 하찮은 투사급 정도겠지요. 진정한 기사의 힘 앞에선 무력할 뿐입니다."

"하하, 믿음직하오."

플래크 남작은 그제야 안도하며 웃었다. 젊은 기사도 마주 웃었다.

웃는 기사의 얼굴이 수박처럼 터져 나갔다.

퍼억!

피분수가 솟구쳐 플래크 남작의 전신을 뒤덮었다. 잠시 명한 표정을 짓던 남작이 비명을 터뜨렸다.

"으아아아악!"

"습격이다!"

"전원 방어 태세로!"

"적의 위치를 찾아라!"

마차를 호위하는 병사와 기사들이 빠르게 원진을 펼쳤다. 그 위로 또다시 화살이 날아왔다.

방패를 앞세우며 소드하이어 한 명이 몸을 던졌다.

"어림없다!"

화살이 방패와 충돌했다. 방패가 깨지며 몸을 날린 소드하이어가 피를 토했다. 충격파가 사방으로 퍼졌다.

콰아아앙!

대여섯 명의 병사가 충격파에 휘말려 쓸려갔다. 피보라가 일며 찢어진 사지가 허공에 나부꼈다.

"크어억!"

"으아악!"

소드하이어들이 당황하며 숲 쪽을 바라보았다.

"맙소사!"

"어떻게 화살이 이런 위력을?"

공격이 이어졌다. 화살이 연이어 날아와 호위진 곳곳을 노렸다. 그때마다 충격파와 함께 붉은 폭발이 일어났다. 휩쓸린 병사들의 피가 섞인 폭발이었다.

쾅! 쾅! 콰쾅!

소드하이어 몇몇이 나서 화살을 막아보려 했다. 하지만 소용없었다. 화살에 적중당할 때마다 투기로 보호받는 방패와 갑옷이 박살 나며 피를 흩뿌린다.

방패로 머리를 가린 채 기사 한 명이 고함을 터뜨렸다.

"버텨라! 이 정도 위력의 화살을 계속 쏠 수 있을 리가 없다!"

그의 예상은 옳았다. 열 대 정도 화살이 날아오자 공격이 뚝 끊겼다.

대신 숲에서 한 무리의 병력이 일제히 쏟아져 나왔다. 다양한 무장을 갖춘 서른 명 정도의 전사였다.

전원 새하얀 가면을 쓴 그 모습에 누군가가 비명을 터뜨렸다.

"설원의 망령이다!"

서른 명의 전사가 빠르게 황야를 질주했다. 평범한 인간에겐 불가능한 속도였다. 게다가 전원의 무기에 무형의 기운이 깃들어 있었다.

플래크 남작이 믿을 수 없다는 표정을 지었다.

"말도 안 돼! 전부 소드하이어라고?"

선두에 선 쌍검의 여인이 호쾌한 외침을 터뜨렸다.

"전원, 전투 개시!"

서른 명의 소드하이어가 마차 수송대를 덮쳤다.

피보라가 일었다. 제대로 반격도 못 해보고 병사들이 쓰러져갔다. 마차를 호위하던 소드하이어들이라고 그 운명에서 벗어나진 못했다.

"타앗!"

쌍검의 여인이 마지막 기사의 목을 허공으로 날렸다. 그리고 플래크 남작을 돌아보며 살기 어린 눈빛을 띠었다.

"아으으으……."

플래크 남작은 제자리에 주저앉아 벌벌 떨었다. 그 와중에도 의문이 느껴졌다.

'아니, 대체 왜?'

이들의 실력은 실로 무시무시했다. 어딜 가도 기사 작위쯤은 거뜬히 받아낼 고수들뿐이었다.

'왜 저 실력으로 천한 도적질이나 하고 있단 말인가?'

그때 여인이 플래크 남작을 보더니 가면을 슥 벗었다. 30대 초반 정도의, 화사한 금발에 초록색 눈동자를 지닌 미녀였다.

"어머? 오랜만이네, 플래크?"

상대의 얼굴을 보는 순간 남작은 그 해답을 찾았다.

"하이어 비렛타? 그럼 설원의 망령이란 게 설마……."

"그럼 안녕."

남작의 말이 채 이어지기도 전에 여인이 그의 목을 쳐냈다. 그리고 주위를 둘러보며 소리쳤다.

"마차를 챙겨!"

전투를 마친 다른 소드하이어들이 절도 있는 대답을 터뜨렸다.

"알겠습니다, 비렛타 부대장!"

곧이어 숲에서 한 명이 더 뛰어왔다. 숲에서 화살을 날린 험상궂은 사내였다. 그를 보며 여인이 말을 건넸다.

"수고했어요, 우드로우."

마차에 실린 물품들을 살피며 사내가 흡족한 듯 웃었다.

"좋아, 이 정도면 당분간 버티겠군."

*　　　*　　　*

테오란트 왕국 수도 글레이시어.

회색빛 왕궁 노스윈드의 강철 왕좌에 한 사내가 앉아 있었다.

갈색이 맴도는 투박한 금발에 푸른 눈동자를 지닌 무뚝뚝

한 인상의 40대 사내였다. 어깨에 두른 새하얀 털외투엔 북해를 상징하는 흰고래의 문양이 새겨져 있었다.

이 나라의 국왕이자 혁명 영웅, 뇌화의 테오란트였다.

"…또 털렸다고?"

정체불명의 도적단, 설원의 망령이 왕국의 세금 마차를 노린 게 벌써 네 번째다. 보고한 신하가 겁먹은 표정으로 허리를 숙였다.

"소, 송구하옵니다."

보고서에 적힌 액수를 살피며 테오란트는 인상을 썼다. 가랑비에 옷 젖는다고, 시간이 지날수록 점점 피해가 커지고 있었다. 슬슬 국정 운영에 지장이 생길 수준이다.

다른 신하 한 명이 조심스럽게 의견을 개진했다.

"아무래도 추가 징수를 해야 할 듯하옵니다."

테오란트가 고개를 저었다.

"그것은 도리가 아니다."

진지하고 엄숙하게, 왕다운 목소리로 단언한다.

"세금 마차를 털린 것은 왕실의 책임, 백성들은 정해진 의무를 다했다. 이 손해에 백성의 책임은 없다. 추가 징수는 이치에 어긋난다."

의견을 꺼낸 신하가 입을 다물었다. 하지만 자신의 의견이 거부당했다 하여 실망하거나 걱정하는 얼굴은 아니었다.

오랫동안 테오란트를 섬긴 그는 알고 있었다.

국왕이 입버릇처럼 입에 담는 저 '도리'라는 것의 실체를.

"대신 특별 군세를 걷도록 하라."

테오란트가 명령했다.

"도적 떼를 제압하는 것이 왕실의 의무라면, 그 일에 필요한 부담을 거드는 것은 백성의 의무다. 추가로 군비가 필요해졌으니 그에 대한 징수를 늘리는 것이 도리에 맞다."

추가로 세금을 내야 할 백성들 입장에선 대체 저 눈 가리고 아웅이 무슨 의미가 있나 싶을 것이다. 하지만 테오란트는 진지했다.

어차피 나랏일을 하려면 필요한 징수였다. 그렇다면 올바른 이유와 명분을 보이는 것이 국가의 의무가 아니겠는가?

"현명한 판단이십니다."

"명대로 행하겠습니다, 테오란트 폐하."

그때 시종 한 명이 회의장으로 들어와 왕에게 뭔가를 속삭였다.

"으음……."

희미한 신음을 흘리며 테오란트가 왕좌에서 일어났다.

"잠시 자리를 비우겠다."

*　　　　*　　　　*

커다란 석실 안에 복잡한 마법진과 사람만큼이나 큰 거울, 그리고 늙은 마기언 한 명이 대기하고 있었다.

방에 들어간 테오란트가 거울 앞에 서며 명령했다.

"연결하라."

"예, 폐하."

곧바로 노인이 마법을 준비했다.

"공허를 뛰어넘어, 그 뜻과 꼴을 연결하라."

거울에 비친 테오란트의 영상이 일그러지며 다른 누군가를 비쳤다. 눈부신 은빛 머리칼에 보석처럼 반짝이는 푸른 눈동자, 날렵한 콧날과 도톰한 입술을 지닌 청순한 인상의 20대 미녀였다.

은발의 미녀가 방긋 웃으며 인사말을 건넸다.

"오랜만이네, 테오란트."

"그래. 오랜만이군, 레비나."

불쾌한 표정을 숨기지 않은 채 테오란트가 질문을 이었다.

"무슨 용건으로 이 비싼 전언 마법을 건 거지?"

오래 말을 섞고 싶지 않다는 티가 역력하다. 레비나는 눈웃음을 치며 테오란트를 빤히 바라보았다. 그리고 대뜸 본론부터 던졌다.

"래디언스 원, 당신 짓이야?"

테오란트의 미간에 세로로 금이 갔다.

태양의 교단 본산에 일어난 참상은 그 역시 알고 있었다. 자신의 왕국 내에서 일어난 일인데 모를 리가 없었다.

"허튼소리."

단호한 부정에 레비나의 눈웃음이 더욱 짙어졌다.

"하지만 누가 봐도 당신 짓으로밖에 안 보이는걸? 게다가 당신에게도 디재스터는 꽤나 탐나는 물건일 텐데?"

"내가 너 같은 줄 아는가, 레비나? 뼛속까지 탐욕에 찬 창녀 같으니."

"에이, 일국의 왕끼리 너무 품위 없이 굴진 말자고. 십 년 전이 아니잖아?"

레비나는 배실거리며 테오란트의 표정을 이리저리 살폈다. 그리고 떠보듯 물었다.

"어째 추궁당하는 사람치곤 별로 당황하는 것 같지 않네?"

보통 사람이 누명을 쓰면 흥분과 분노를 보이게 마련이다. 하지만 지금의 테오란트에게서는 그런 감정이 보이지 않았다. 있다면 짜증과 지겨움뿐.

그럴 법도 했다.

"네가 세 번째다, 레비나. 이미 릴스타인과 사파란도 똑같은 소릴 해댔어."

"아, 어쩐지……."

"내 대답도 똑같다."

피식거리는 레비나를 향해 테오란트가 눈을 부라렸다.

"나는 이계구원자의 유산에는 관심이 없다."

                    *   *   *

거울에 비친 영상이 일그러졌다. 마법이 사라지고 다시 평
범한 거울이 되어 아름다운 은발의 여인을 비춘다.

레비나는 거울에서 시선을 돌리며 고개를 갸웃거렸다.

"…정말 아닌가?"

그녀 옆엔 청색 로브를 입은 늙은 마기언과 잘생긴 금발의
미남자가 서 있었다. 전언 마법을 연결한 왕실 마법사와 여왕
의 기사 중 한 명이었다.

레비나가 방 밖으로 나섰다. 금발의 미남자가 따라나서며
물었다.

"테오란트 왕이 거짓말을 했을 수도 있잖습니까?"

"저 인간은 원래 거짓말하면 엄청 티가 나거든."

대꾸하며 그녀는 잠시 생각에 잠겼다.

'젝센가드는 아무리 봐도 죽은 것 같은데……'

그렇다면 래디언스 원을 노릴 이유가 있는 사람은 둘뿐이
다. 테오란트와 레비나 자신. 그런데 자신이 범인이 아니란 건

그 누구보다 그녀가 제일 잘 안다. 그러니 범인은 테오란트일 수밖에 없지만⋯⋯.

'꼭 그렇지만도 않나? 적룡의 망토는 카렌에게도 쓸모가 있을 테니.'

릴스타인이나 사파란도 가능성이 없지는 않다. 그들에게야 쓸모가 없겠지만, 다른 혁명 6영웅 손에 들어가지 못하게 선수를 쳤을 수도 있다.

'덤으로 테오란트에게 누명을 씌울 수도 있겠지.'

그런데 이 모든 추리는 한 가지 대전제 때문에 앞뒤가 안 맞는다.

"그런데 그건 확실히 테오란트의 뇌신기였다고 했지, 조르단?"

금발의 미남자, 조르단이 조심스레 말을 걸었다.

"예, 폐하. 하지만 뇌신기의 운용법을 알고 있는 이는 테오란트 왕뿐만이 아니지요. 당장 폐하도 운용법은 알고 계시지 않습니까? 그래서 퀸즈 나이츠 중에도 뇌신기를 익힌 이가 있고요."

"하지만 테오란트의 뇌신기를 구사할 수 있는 건 본인이나 제자뿐이지. 아, 시한도 가능은 했구나. 뭐, 없는 사람이긴 하지만."

말하다 말고 레비나의 안색이 살짝 굳었다.

'가만있자, 시한이라고?'

"왜 그러십니까, 폐하?"

빙그레 웃으며 레비나가 고개를 저었다.

"허튼 생각이 잠깐 나긴 했는데, 무시하기엔 살짝 찜찜해서."

"……?"

조르단이 어리둥절한 표정을 지었다. 레비나는 계속 생각에 잠겨 있었다. 그런 그녀를 바라보던 조르단의 표정이 문득 부드러워졌다.

슬그머니 레비나에게 다가간다. 그녀를 뒤에서 살며시 안고 부드러운 은발을 사랑스럽게 매만진다.

"어쨌거나, 이걸로 나랏일은 마치신 거지요? 그렇다면 폐하의 귀중한 시간을 잠시나마 제게 할애하실 순 없겠습니까? 서부 지방의 명주와 남국의 열대 과일, 그리고 왕실 요리장의 자랑인 달콤한 디저트가 기다리고 있답니다."

귓가에 속삭이며 조르단은 가볍게 키스했다. 사내의 숨결을 느끼며 레비나는 깔깔 웃었다.

"아이, 당신도 참, 아직 밖이 환한데."

그리고 자신의 네 번째 연인을 돌아보며 뺨을 어루만진다.

"당신의 제안은 참으로 매력적이지만……."

아름다운 미소와 함께 레비나가 조르단을 밀쳤다.

"아쉽게도 지금은 연무장에 갈 시간이야."

조르단은 실망하지 않았다. 대신 감탄을 흘렸다.

"그토록 강하시면서도 폐하께선 결코 수행을 쉬지 않으시는군요."

대륙의 모든 전사들의 우상, 조르단 자신도 꿈꾸는 지고의 위치, 무신급 소드하이어에 오른 이가 바로 레비나였다.

그뿐만이 아니다.

일국의 군주, 수많은 신하와 백성, 강력한 권력과 왕실 창고 가득한 금은보화. 그녀는 인간이 꿈꿀 수 있는 모든 것을 손에 넣은 존재였다.

그럼에도 결코 멈추지 않는다.

자신의 나라를 세우고, 무신위에 오르고도 여전히 처음 검을 잡는 사람처럼 초심을 간직한 채 충실히 하루하루 수행에 매진한다.

"어떻게 그러실 수 있는 겁니까?"

조르단의 질문에 레비나가 피식 웃었다.

인간이 꿈꿀 수 있는 모든 것이라고? 고작 이게?

"당신은 아직 날 모르는구나, 조르단."

그녀의 눈빛이 차갑게 가라앉았다.

"이 정도로 내가 만족할 거라 생각해?"

* * *

예상 밖의 일이 벌어지긴 했지만 어쨌든 마검 디재스터를 되찾았다. 충분히 목표는 달성한 셈이다. 하지만 성시한은 바로 라텐베르크 왕국으로 돌아가지 않았다.

아직 그는 북부에 볼일이 남아 있었다.

에케스 시에서 동남쪽으로 이틀 거리에 위치한 레테스 영지.

허름한 태버언에서 시한 일행은 이른 저녁 식사를 하고 있었다.

북부의 겨울이라 해가 짧았다. 이미 밖은 어둑어둑했지만 저녁 시간이라기엔 아직 이르다.

덕분에 홀은 텅 빈 상태였고, 그래서 시한 일행은 주변 신경 쓸 필요 없이 마음껏 비밀 이야기를 할 수 있었다.

빵을 찢으며 제논이 입을 열었다.

"설원의 망령이라… 과연 단서를 얻을 수 있을까요?"

하나둘 횃불을 밝히는 태버언 밖의 거리를 내다보며 시한이 대꾸했다.

"일단 와보긴 했지만, 딱히 찾을 방법이 없긴 하네."

켈테론의 정보는 이곳에 도적단 '설원의 망령' 하부 조직이 활동하고 있는 것으로 짐작된다는 정도였다. 세부적인 내용은 전혀 없었다. 그래서 감히 시한에게 보고하지 못했던 것이다.

뜬소문에 가까운 정보만 믿고 레테스 영지에 머문 지 벌써 사흘째, 지역 상인이며 여관 종업원을 떠봤지만 전혀 소득이 없었다.

당연하다며 알리타가 뇌까렸다.

"워낙 신출귀몰해서 테오란트 왕국군도 못 잡는다는데, 우리처럼 지나가는 행인이 몇 마디 물어본 걸로 정체가 드러날 리 없죠."

성시한도 그걸 모르는 바는 아니었다.

"나도 큰 기대는 안 했어. 어차피 근처니까 온 김에 확인이나 해볼 셈이었지."

그러니 정보를 못 얻었다고 실망하거나 할 이유도 없다.

"이 정도면 됐어. 더 있어 봐야 건질 것도 없을 것 같고. 내일 아침 일찍 출발하자."

세 사람이 이야기를 나누는 와중에도 디나는 끼어들지 않고 얌전하게 식사에만 열중하고 있었다. 문득 알리타가 물었다.

"디나는 설원의 망령에 대해 궁금한 것 없니?"

"없습니다, 마스터. 종자의 의무에 대해선 충분히 숙지하고 있으니까요."

여전히 디나는 이것이 '켈테론 재상님의 완전 중요한 국가

적인 비밀 임무'라고 여기고 있었다. 그래서 일부러 신경 쓰려하지도, 물어보거나 하지도 않았다. 그것이 좋은 종자의 마음가짐인 것이다.

그런데 어쩐지 알리타는 좀 떨떠름한 표정이다.

"아, 그래……."

"혹시 제가 알아야 할 것이 있나요? 경청하겠습니다."

"아니, 그런 건 아니고."

"……?"

디나가 의아해했지만 알리타는 더 이상 말을 꺼내지 않았다. 생선구이를 썰어 입에 넣으며 제논이 진지한 표정을 지었다.

"음, 북해의 생선은 역시 맛이 좋군요. 추운 바다에서 살아서 기름이 잘 올랐어. 하지만 이건 비린내를 완전히 잡진 못했는데……. 이 비린내를 잡으려면 껍질을 그을려 훈제하는 것보단 식초에 절인 크렌탈 초를 쓰는 쪽이 더… 아, 이 근처는 크렌탈 초가 자라질 않으니 재료 수급의 문제가 있구나. 그럼 뭔가 대용품이……."

밥 한 끼 먹는데 주절주절 참 말도 많다.

하지만 제논을 탓하는 이는 아무도 없었다. 시한도 알리타도, 심지어 디나마저도 숨을 죽이고 그의 집중에 협조한다.

'오? 제논이 또 뭐 하나 건졌나 보다.'

'새 요리를 맛볼 수 있겠네요?'

'제논 님, 파이팅!'

참고로, 이젠 디나도 제논장의 예찬론자가 되어 있었다.

주위 반응에 제논이 고개를 갸웃거렸다.

"…음? 다들 왜 그런 표정…….."

"아냐, 하던 거 마저 하라고."

그렇게 시한 일행이 열심히 식사를 하던 중이었다.

갑자기 바깥의 거리가 소란스러워졌다. 요란한 뜀박질 소리와 함께 우렁찬 사내의 외침이 들려온다.

"포위하라!"

"절대 놓쳐선 안 된다!"

의아해하며 시한이 창밖을 내다보았다.

"뭐지?"

거리 한복판에서 두 명의 젊은 남자가 칼을 빼 들고 식은 땀을 흘리고 있었다. 그리고 서른 명 정도의 병력이 그들을 포위 중이었다. 문장을 보니 레테스 영지병들인 듯했다.

병사들을 지휘하는 20대 후반의 기사가 검을 빼 들고 외침을 이었다.

"순순히 무장을 버리고 항복하라! 그럼 관대한 대우를 약속하겠다!"

포위된 두 남자가 코웃음을 쳤다.

"그것 참 신기하지? 내가 아는 놈들 중 그 '관대한 대우'를 받고 살아남은 놈이 없던데?"

"미쳤다고 항복하겠냐?"

오히려 더욱 반항의 의지를 불태운다. 젊은 기사가 인상을 구겼다.

"어리석은 도적놈들 같으니!"

거리가 소란스러워지자 여기저기서 사람들이 모습을 드러냈다.

"무슨 일이지?"

"어라? 작은 도련님이시네? 어쩐 일로 성을 나오셨대?"

"저 사람들은 누구지?"

지역 주민들을 향해 레테스 영주의 둘째 아들, 조렌은 고함을 터뜨렸다.

"영지민들이여, 이놈들은 간악무도한 '설원의 망령'이다! 위험하니 접근하지 않도록 하라!"

조렌의 외침에 주민들이 눈치를 보며 슬금슬금 거리를 벌리기 시작했다.

순간 시한의 안색이 변했다.

'…설원의 망령이라고?'

*   *   *

시한 일행은 바로 태버언 밖으로 뛰쳐나갔다. 처마 밑에 몸을 숨긴 채 시한이 믿기지 않는다는 표정을 지었다.

"웬일로 내가 이렇게 운이 좋지?"

지난 사흘 동안 그토록 찾아 헤맸어도 코빼기도 안 보이던 상대였다. 그런데 다 포기하고 나니 갑자기 나타날 줄이야?

알리타가 물었다.

"평소에 별로 운이 안 좋았나 보죠?"

"운 좋은 놈이 70억분의 1 확률에 당첨되어 이 지옥에 떨어졌겠냐?"

"…전 그 지옥에서 태어나 여태 살아온 사람이거든요?"

아무리 테라노어가 싫어 지구로 가고 싶어 하는 알리타라지만, 자신이 태어난 세계를 지옥 취급하는 건 마음에 들지 않았다.

"미안, 그런 의도는 아니었어."

머쓱해하며 시한은 다시 거리로 시선을 옮겼다. 그리고 포위된 두 사내를 보며 고민했다.

"그나저나, 어쩔까?"

알리타가 나직하게 속삭였다.

"구해야겠죠?"

제논이 진지한 얼굴로 상황을 살폈다.

시한 일행은 4명, 반면 상대는 소드하이어 1명에 잘 무장된 병사가 서른 명이었다.

심각한 전력 차였다.

그러니까, 저쪽의 전력이 너무 심각하게 낮다.

"반역자들아! 위대하신 혁명 영웅 테오란트 폐하의 이름으로 네놈들을 벌하겠다!"

호탕한 외침과 함께 조렌 공자가 검을 빼 들고 앞으로 나선다. 동시에 투기가 전신에 깃들어 신체 능력을 강화한다.

포위당한 두 사내가 긴장하며 자세를 잡았다.

"크윽!"

"순순히 당할까 보냐!"

조렌 공자는 검을 겨눈 채 자신만만하게 웃었다.

"멍청한 놈들! 네놈들이 기사를 상대할 수 있을 것 같으냐?"

그 위풍당당한 모습에 성시한은 크게 감명을 받았다.

"우와!"

그리고 제논을 돌아보며 물었다.

"요샌 종자급도 기사 작위 주냐?"

투기검도 못 쓰고, 딱히 금속 갑옷에 투기가 둘려져 있는 것도 아니고…….

"저거, 디나랑 수준이 얼추 비슷하겠는데?"

제논은 왠지 부끄러워져 고개를 돌렸다.

"여기가 워낙 시골이다 보니…….."

하여튼 레테스 영지병을 물리치고 저 사내들을 구하는 것 자체는 전혀 어려울 게 없었다.

문제는 도적단을 편들면 테오란트 왕국의 수배자가 된다는 점.

"수배된다고 별문제가 생기는 건 아니지만, 그래도 되도록 튀고 싶진 않단 말이지."

게다가 저 레테스 영지의 기사나 병사들이 무슨 악당인 것도 아니다. 그냥 제 할 일 열심히 하는 성실한 사람들이다.

"이래저래 직접 상대하기는 애매하네."

다행히 그에겐 투기 말고도 보다 다양한 상황에 대처할 수 있는 능력이 있었다.

오른쪽 검지를 들어 올리며 성시한이 조용히 마법을 운용했다.

"휘몰아쳐라, 블리자드."

막 조렌이 공격을 가하려던 찰나였다. 갑자기 새하얀 눈보라가 매섭게 불며 시야를 뒤덮었다.

"헉!"

"이게 갑자기 무슨?"

병사들도 거리의 주민들도 모두 당황해 얼굴을 가렸다. 안 그래도 땅거미가 져서 어두운데, 거기에 폭풍까지 불어닥치니 전혀 앞이 보이지도 않는다.

잠시 후, 눈보라가 도로 걷혔다.

다시 눈을 뜬 조렌 공자는 당황했다. 분명 포위망에 갇혀 있던 설원의 망령 도적단의 잔당들이 흔적도 없이 사라진 것이다.

호들갑을 떨며 병사들이 주위를 두리번거렸다.

"이런!"

"놈들이 도망갔다!"

조렌은 이를 악물었다.

아무리 추운 지방이라지만 마을 한복판에만 눈보라가 몰아치는 경우는 없다. 이 눈보라는 결코 자연적인 게 아니었다.

"제길! 놈들이 마도구를 지니고 있었을 줄이야!"

*　　　　*　　　　*

포위되어 있던 두 사내, 니셔와 플레는 주위를 둘러보며 어리둥절해했다.

"이건?"

"도대체 무슨……."

갑작스레 눈보라가 몰아치더니 뭔가가 그들의 목덜미를 움켜쥔 채 들고 날랐다. 그리고 정신을 차려 보니 어느새 포위된 장소에서 한참 떨어진 사람 없는 뒷골목이다.

니서가 플레를 돌아보며 물었다.

"당신 짓인가?"

혹시 눈보라를 일으키는 마도구를 가지고 있었냐는 질문이었다. 플레가 고개를 저었다.

"그럴 리가… 혹시 그대가?"

니서도 부인했다. 저 정도로 강력한 마도구라면 가격도 무시무시하다. 도적단의 일개 끄나풀인 두 사람에게 그런 돈이 있을 리가 있나?

플레가 중얼거렸다.

"그럼 누구 짓이지?"

그때 두 사람의 등 뒤에서 젊은 청년의 목소리가 들렸다.

"내 짓입니다."

두 사람 다 화들짝 놀라 뒤를 돌아보았다. 흑발의 청년이 백금발의 소녀와 함께 그들을 향해 걸어오고 있었다.

"…내 짓입니다? 이거 문법에 맞긴 하나? 아스틴 어 은근히 까다롭단 말이야."

중얼거리는 청년을 노려보며 니서가 검을 겨눴다.

"누구냐?"

청년, 성시한이 태연스레 대꾸했다.

"설원의 망령을 찾는 사람."

눈보라로 주위의 시선을 가린 뒤, 시한과 알리타가 잠형기를 펼쳐 저 둘을 포위망 밖으로 탈출시킨 것이다. 모습을 숨길 수 없는 제논과 디나는 태버언으로 돌아가 대기하고 있었다.

니셔와 플레를 향해 시한이 부드러운 어조로 말을 이었다.

"나는 당신들의 적이 아닙니다. 오히려 친구라고 할 수 있겠지요."

당연히 두 사람은 경계를 풀지 않았다.

하지만 함부로 적의를 표할 수도 없었다. 저 청년이 정말 그들을 구출했다면, 상당히 강력한 능력을 지녔음이 틀림없는 것이다.

플레가 조심스레 말을 건넸다.

"친구라면 정체를 밝히시오."

"밝히려면 못 밝힐 건 없는데……."

살짝 난감해하며 시한이 대답했다.

"설원의 망령을 만나면 자연스럽게 밝혀질 일입니다. 지금 밝혀봐야 믿지도 않을 거라서."

사실 믿게 할 방법이 없는 건 아니다. 도룡기를 보여주면 된다.

'그렇다고 마을 한복판에서 도룡기 꺼내긴 좀 그렇지?'

도룡기는 명함으로 쓰기엔 너무 크고 우람하다.

시한의 말에 니셔와 플레의 표정이 더욱 굳었다. 방금 전 잡힐 뻔한 도적단의 일원이 말 몇 마디로 상대를 믿을 리가 없는 것이다.

　성시한도 그 사실은 충분히 이해하고 있었다.

　"시험해 보시죠. 당신들에게 하달된 암호가 있을 거 아닙니까?"

　알리타가 흠칫하며 시한을 돌아보았다.

　'어머? 그 암호, 십 년 전에 쓰던 거라고 하지 않았나?'

　설원의 망령이 정말 '그들'이라면, 시한은 과거에 썼던 암호를 통해 그들의 신뢰를 얻을 수 있다고 했다.

　문제는 아무리 성시한이라도 십 년 전의 일을 모두 기억하고 있을 리는 없다는 점이다.

　'본인도 잘 기억 안 난다고 인정했었는데?'

　당황한 알리타와 달리 시한은 자신만만한 표정이었다. 니셔와 플레가 서로를 바라보더니 고개를 끄덕였다.

　"알겠소, 그렇다면……."

　니셔가 암구호를 댔다.

　"빠르면?"

　"기차."

　일말의 주저도 없이 시한이 답을 내놓았다. 니셔의 암구호가 이어졌다.

"높으면?"

"비행기."

"독도는?"

"우리 땅."

니셔와 플레의 긴장이 풀렸다. 상대가 한마디도 막히지 않고 바로 답한 것이다. 호의 어린 얼굴로 두 사람이 고개를 숙였다.

"생명의 은인을 의심한 걸 용서하시오."

"우리의 처지가 처지인지라……."

알리타가 시한에게 귓속말을 했다.

"십 년 전의 암호를 전부 외우고 있는 거예요? 잊어버렸다면서요?"

시한이 실소하며 대꾸했다.

"아, 암호로 쓴 단어가 뭐였는지는 다 까먹었지. 그래도 대꾸하는 건 쉽잖아?"

"저 대꾸도 다 외워야 하는 거 아니었어요?"

앞뒤 맥락도 전혀 없고, 단어도 생소하기 그지없는 암호였다. 그런데 저걸 전부 기억하고 있다니?

"와, 시한, 머리 좋네요?"

알리타가 감탄하며 존경의 눈빛을 보냈다. 그래서 그는 대단히 쑥스러워했다.

"아니, 이거 이 동네에서나 어려운 암호지, 나한텐 전혀 어려운 거 아닌데."

솔직히 한국인이라면 기억 못 하는 쪽이 더 이상하긴 하다.

어쨌건, 성시한은 두 사람을 향해 정중히 요청했다.

"그럼 우릴 설원의 망령에게 안내해 주실 수 있습니까?"

그러자 플레가 반색하며 외쳤다.

"오히려 우리가 부탁해야 할 판입니다!"

니서도 황급히 말을 이었다.

"서둘러 이 마을을 빠져나가야 합니다! 그런데 너무 경계가 삼엄해서……."

의아해하며 시한이 물었다.

"무슨 일이라도 생긴 겁니까?"

초조함을 숨기지 않은 채 두 사람은 고개를 끄덕였다.

"비밀 아지트의 위치가 발각됐습니다."

"백랑기사단이 출동한 것이 벌써 사흘 전의 일입니다. 어서 이 사실을 알리지 않으면 무방비로 기습당하게 될 겁니다!"

*　　　　*　　　　*

테오란트 왕국 중부를 뒤덮은 거대한 삼림 지대, 그왈로드.

끝없이 펼쳐진 이 침엽수림 깊숙한 곳에 철저히 감춰진 마을이 하나 있었다. 도적단, 설원의 망령의 비밀 아지트였다.

무수한 마수의 출현으로 인해 인적은 고사하고 사냥꾼조차도 접근치 않는 오지 중의 오지이기에, 이곳을 근거지 삼아 설원의 망령은 신출귀몰하게 움직이며 테오란트 왕국을 뒤흔들 수 있었다.

그 은밀한 숲속의 마을이 지금 한 무리의 군세에 의해 철저히 포위당해 있었다.

우드로우는 주위를 둘러보며 식은땀을 흘렸다.

"대체 어디서 비밀이 새어 나간 거지?"

100여 명 가까운 병력이 마을 사방을 둘러싸고 진영을 갖춘다. 숫자로만 보면 그리 많은 병력이라고 할 순 없을 것이다. 사실 군대라고 하기에도 애매한 숫자다.

그러나 저들 개개의 면모를 보면, 숫자 따윈 큰 의미가 없었다.

포위한 100여 명 전원이 투기검을 끌어내고 있었다. 심지어 그중 절반은 갑옷에도 투기를 부여한 상태였다.

전원이 투사급 이상의 소드하이어, 거기에 절반은 기사급인 것이다.

백경(白鯨)기사단과 함께 테오란트 왕국의 양대 기사단으로 이름 높은 백랑(白狼)기사단이었다.

"더 이상 달아날 곳은 없다!"

"순순히 항복하라, 반역자들!"

우렁찬 외침을 터뜨리며 30대 후반의 기사 세 명이 앞으로 나섰다. 셋 다 어깨너머로 아지랑이 같은 투기를 피우고 있었다.

그 광경을 지켜보며 비렛타는 초조해했다.

"어쩌죠, 우드로우?"

우드로우는 아무 대답도 할 수 없었다.

설원의 망령이 전원 기사급 소드하이어로 이루어진 정예 중의 정예긴 하지만 고작 서른 명 정도. 달인급 소드하이어는 우드로우 자신뿐이었다. 비렛타가 기사급의 극에 도달하긴 했지만 아직 벽은 넘지 못했다.

반면 저쪽은 기사급만 50에 달인급이 무려 셋이었다.

도저히 승산이 없다.

백랑기사단의 단장, 카이트 드로탄이 장검을 뽑아 들며 빙그레 웃었다.

"역시 설원의 망령은 그대였군, 하이어 우드로우."

카이트를 노려보며 우드로우는 이를 갈았다.

"하이어 카이트, 아직도 그 더러운 목숨을 붙잡고 있었군."

힐끔 주위를 둘러보며 카이트가 혀를 찼다.

"이런 돼지우리에서 살고 있었느냐? 실로 비참하구나. 이게 한때 대륙 최강으로 명성이 자자했던 창천기사단의 말로라니, 쯧쯧."

그리고 한심하다는 듯 말을 이었다.

"그렇게 쓸데없는 고집 피우지 말고 세상에 순응했으면 되었을 것 아닌가?"

자신의 활을 움켜쥔 채 우드로우가 앞으로 나섰다.

"비록 몰락했다 해도 우린 창천기사단이다! 추악한 네놈들과 어찌 어깨를 나란히 할 수 있을까?"

"그래서? 그 알량한 자존심의 대가가 고작 왕국의 죄인이 되어 이렇게 숨어 사는 것이냐?"

"죄인? 죄인이라고?"

순간 우드로우가 폭풍 같은 분노를 터뜨렸다.

"어찌 감히 네놈들이 우리를 죄인이라 칭하는가!"

테오란트 왕국의 쌍벽이라 불리는 백랑기사단, 그러나 이들은 십여 년 전만 해도 다른 이름으로 불리고 있었다.

루스클란 육호장, 드로탄 장군의 적월기사단이라고.

"네놈들 손에 죽어간 무고한 백성들의 피가 아직도 마르지 않았다! 네놈들이 저지른 추악한 악행이 아직도 대륙 전역에 퍼져 있다! 뻔뻔하게 이름을 바꿨다고 그 죄악이 사라질 것 같으냐!?"

처절한 비난이 쏟아진다. 십여 년 전 광제의 이름으로 온갖 악행이란 악행은 다 저질렀던 옛 적월기사단의 부단장, 카이트 드로탄은 그 비난을 태연히 넘겼다.

"그 시절엔 다들 그랬다. 난 그저 남들처럼 살았을 뿐이야."

카이트가 아무런 죄책감도 느끼지 못하는 얼굴로 대꾸했다.

"우리의 죄는 사해졌다. 위대하신 혁명 영웅 테오란트 폐하의 은총이지."

카이트의 장검 위로 강렬한 투기검이 덧씌워졌다.

"세상이 바뀌었다. 이 시대의 죄인은 네놈들이지, 과거의 창천기사단이여."

진득한 살기가 피어올라 사방으로 흩어진다.

"이계구원자 밑에서야 대륙 최강이라며 마음껏 설칠 수 있었겠지만, 이젠 네놈들 뒤에 누가 있느냐?"

투기검을 겨누며 의기양양하게 웃음을 터뜨린다.

"아무도 없다! 하하하하!"

전투태세를 갖추며 카이트가 명령을 내렸다.

"반역죄는 사형이다! 모두 죽여라!"

백랑기사단이 마을을 향해 돌진하기 시작했다. 우드로우 역시 전투태세로 들어갔다.

화살을 시위에 걸며 투기를 끌어올린다. 동료들을 향해 그가 처절한 외침을 터뜨렸다.

"모두들! 살아남아라!"

＊　　　　＊　　　　＊

마을 곳곳에서 사투가 벌어졌다. 수적으로 불리한 설원의 망령이었지만, 그들은 한때 대륙 곳곳을 누비며 온갖 전투를 경험한 베테랑 중의 베테랑이었다. 밀리는 전력에도 불구하고 결코 포기하지 않고 용맹하게 투기검을 휘둘렀다.

하지만 상대 역시 베테랑이긴 마찬가지였다.

백랑기사단 역시 제국의 칼로써 무수한 혁명군을 베어온 경험 많은 이들이다. 실력도 경험도 그리 차이가 크지 않으니, 결국 승패는 쪽수로 갈릴 수밖에 없었다.

"크윽!"

"으억!"

여기저기서 비명이 들려왔다. 전부 소중한 동료들의 비명이었다.

비렛타는 쌍검을 휘두르며 이를 악물었다.

"젠장!"

마음 같아선 당장이라도 쓰러진 동료들에게 달려가고 싶었다. 하지만 몸을 뺄 수가 없었다. 백랑기사단의 부단장인 레시펜, 또 다른 달인급 소드하이어가 그녀를 압박하고 있는 것이다.

"전부터 계집 주제에 칼 들고 나서는 꼴이 마음에 안 들었지! 이번에 확실히 여자의 도리를 가르쳐 주마, 비렛타!"

"여전히 상종 못 할 작자로구나, 레시펜!"

레시펜의 투기검을 좌우로 흘리며 비렛타는 투지 어린 외침을 터뜨렸다. 하지만 그녀의 투지와 별개로 승패는 점점 기울고 있었다.

"비렛타!"

그녀의 위기를 감지한 우드로우가 뒤로 뛰며 연거푸 화살을 연사했다. 강철을 부어 만든 화살에 진동의 투기가 실려 쏘아졌다.

"진천기(震天氣), 연사!"

카이트와 또 한 명의 달인급 소드하이어가 투기검을 휘둘러 화살들을 쳐 냈다. 투기검과 투기의 화살이 허공에서 충돌하며 연달아 충격파를 터뜨렸다.

쾅! 쾅! 콰쾅!

화살을 막은 두 소드하이어가 뒤로 날려갔다. 워낙 실린 위력이 강했던 것이다. 검을 쥔 손목을 까닥거리며 카이트가 감탄을 흘렸다.

"크으, 여전히 강하구나, 우드로우!"

그리고 맹렬한 기세로 돌진했다.

"하지만 아무리 그대라도 우리 둘을 상대할 순 없겠지!"

두 달인급 소드하이어가 우드로우의 좌우를 돌며 공세를 펼쳤다. 화살을 날리기엔 애매한 거리라 우드로우는 활대를 이용해 공격에 맞섰다. 원래 그의 활은 손잡이를 제외한 부분에 드레이크의 이빨을 박아 넣어 충분히 근접용 무기로도 사용할 수 있었다.

활대로 투기검을 튕겨내며 우드로우가 경멸을 토했다.

"이젠 기사도마저 포기했느냐?"

"대역죄인을 상대하는 데 기사도를 지킬 필요가 있겠느냐? 하하하핫!"

세 명의 소드하이어가 서로 복잡하게 얽히며 공방을 주고받았다.

그러는 동안 레시펜은 차분히 비렛타를 압박해 궁지에 몰고 있었다.

결국 비렛타의 좌검이 부러졌다. 투기검이 그녀의 어깨를 베고 지나갔다.

"크으윽!"

좌반신이 통째로 마비된다. 왼팔을 늘어뜨린 채 비렛타가 뒷걸음질을 쳤다.

쫓아가며 레시펜이 투기검을 크게 휘둘렀다.

"목을 내놓아라! 하하하핫!"

다가오는 죽음 앞에서도 비렛타는 눈을 감지 않았다. 오히려 부릅떴다.

전사 주제에 자신의 죽음을 외면할 수는 없었다.

휙!

짧은 파공음과 함께 레시펜의 머리가 허공으로 떴다. 그러니까 몸은 놔두고 머리만.

촤아아악!

피분수가 솟구치며 머리를 잃은 레시펜의 동체가 서서히 뒤로 기울었다.

"…어?"

멍한 비렛타의 눈동자에 한 흑발의 청년이 비쳤다. 간단한 일검만으로 레시펜의 목을 날린 청년이었다.

'달인급 소드하이어를 일격에?'

레시펜의 죽음에 몇몇 백랑 기사들이 분노하며 달려왔다.

"하이어 레시펜?!"

"저놈이 감히 부단장님을 기습해?"

"죽어라!"

네 명의 기사들이 흑발의 청년을 포위했다.

뭔가 번쩍하더니, 네 개의 머리가 허공을 날았다.

"어……."

비렛타는 기가 막혀 입을 쩍 벌렸다.

저 갈렌 족 청년이 뭔 짓을 했는지 채 보지도 못했다. 그냥 머리 네 개가 저절로 잘려 나간 것처럼 보였으니까.

황당한 광경이었지만, 사실 테라노어에선 그렇게 드문 일도 아니었다.

기사급 소드하이어쯤 되는 이가 무지렁이 촌민을 상대한다면 보통 저런 광경이 연출되곤 한다. 소드하이어와 일개 촌민의 격차는 그토록 심한 것이다.

문제는 지금 머리가 날아간 이들이 바로 기사급 소드하이어란 점이었다.

'맙소사! 대체 얼마나 격차가 심해야 기사급을 상대로 저런 짓을 할 수 있다는 거지?'

놀란 비렛타를 바라보며 흑발의 청년이 빙그레 웃었다.

"오랜만이야, 비렛타."

'날 알아?'

분명 처음 보는 얼굴인데도 묘하게 낯익은 미소였다. 당황한 그녀를 뒤로한 채 흑발의 청년이 다시 움직였다.

청년이 지나가고, 백랑 기사들의 머리가 허공으로 날아오른다. 피분수가 연거푸 허공으로 솟구치고 또 솟구친다.

"뭐, 뭐야?"

"무슨 일이지?"

분위기가 일변했다. 전투에 열중하던 백랑기사단이며 설원의 망령들이 주춤하며 흑발의 청년을 바라보았다.

우드로우와 카이트 역시 마찬가지였다.

'누구지? 백랑기사단의 적인가?'

'어디서 저런 고수가?'

한창 흥분한 전투에 찬물이 끼얹어진 느낌이었다. 그 정도로 저 청년의 무위는 황당하고, 비현실적이었다.

간단히 길을 헤치며 흑발의 청년이 카이트에게 다가온다. 그다지 빠르지도, 서두르지도 않는 발걸음이다. 그런데 어느새 카이트의 바로 앞에 서서 싸늘한 눈빛을 보낸다.

투기검을 든 채 카이트가 긴장하며 물었다.

"네놈은 누구냐?"

자신만큼이나 놀란 우드로우나 비렛타의 표정을 보면, 적어도 이 흑발의 청년이 그들의 동료가 아니란 점은 알 수 있었다.

"이들은 악명 높은 도적단, 설원의 망령이다! 이 일은 위대하신 혁명 영웅 테오란트 폐하의 칙명에 의한 것! 그걸 알고도 끼어든 것이냐?"

흑발의 청년은 대답하지 않았다. 대신 질문을 질문으로 돌려주었다.

"왜 네가 살아 있지, 카이트?"

"무, 무슨?"

"처음 봤을 땐 내 눈을 의심했다. 왜 죽었어야 할 놈들이 살아 있어? 왜 테오란트의 문장을 달고 있는 거지? 테오란트 가 미치기라도 한 거냐?"

"무엄하다! 감히 국왕 폐하의 성함을 함부로 입에 담다니!"

카이트가 일갈을 터뜨렸다. 청년이 피식 웃었다.

"나는 그래도 돼."

담담한 목소리였다. 자기도 모르게 카이트가 뒷걸음질을 쳤다. 그리고 스스로 의아해했다.

'내가 왜 물러선 거지?'

모르겠다.

저 청년의 목소리를 듣는 순간 자기도 모르게 몸이 굳고 공 포가 밀려온다.

'…어째서?'

다른 백랑 기사들, 설원의 망령들도 마찬가지였다. 마치 흘 린 것처럼 전투를 멈추고 흑발의 청년을 멍하니 바라보고 있 었다.

"아, 그렇지."

갈렌 족 청년이 눈을 깜빡이더니 피식 웃었다.

"카이트 주제에 왜 이렇게 패기만만인가 했더니……."

오른손을 들어 살짝 얼굴을 가린다.

"이 얼굴은 못 알아보지, 참?"

그리고 마치 가면을 벗듯 가볍게 얼굴을 쓸어내린다.

청년의 얼굴이 다른 이의 그것으로 바뀌었다. 카이트도 잘 아는 투기술이었다.

'시프 퀸의 천변기?'

본연의 모습을 드러내며 청년이 씨익 웃었다.

"이젠 좀 알아보겠어?"

카이트의 눈이 황소처럼 커졌다.

"…어?"

이번엔 확실히 아는 얼굴이었다.

곱상한 이목구비에 부드러운 눈매, 그리고 밤하늘처럼 선명한 검은 눈동자.

비록 십여 년이란 세월이 지나 소년이 아닌 청년이 되었지만, 결코 잊을 수 없었다.

카이트의 숙부이자 주군이기도 했던, 루스클란 육호장 드로탄 장군의 목을 자른 바로 그의 얼굴이니까!

"어어……."

카이트의 안색이 창백해졌다. 다리의 힘이 풀리며 그가 털썩 주저앉았다.

끔찍한 공포가 그의 뇌리를 잠식했다.

"으아아!"

카이트가 정신없이 뒤로 기어가며 비명을 지르고 또 질렀다.

"으아아아아아악!"

*　　　*　　　*

성시한은 고개를 저었다.

"어이가 없군."

중얼거리며 가볍게 발끝으로 땅을 민다.

"진작 죽었어야 할 짐승들이 아직도 살아 있다니……."

그것만으로 그는 수 미터를 미끄러져 카이트의 코앞에 도달했다.

절대적인 죽음을 목전에 둔 이들이 대부분 그러하듯, 카이트가 핏발이 선 눈으로 괴성을 질러댔다.

전신의 힘을 모두 끌어내 투기의 힘으로 바꾼 뒤 미친 듯이 휘둘러댄다. 달인급 소드하이어의 강력한 투기가 모조리 칼날이 되어 성시한에게 쏟아진다.

시한은 두 손가락만으로 간단히 카이트의 투기검을 붙잡았다. 푸른빛이 그의 전신에서 피어올랐다.

그 상태로, 천천히 상대의 검을 역으로 누른다.

"아으아으아으……."

카이트는 발버둥을 쳤다. 하지만 움직일 수가 없었다. 항거할 수 없는 거력이 그의 사지를 얽매고 있었다.

그 상태에서, 천천히, 검이 카이트의 가슴을 찔러왔다.

칼날이 아니라 손잡이 쪽으로.

검의 손잡이가 가슴에 파고든다. 피부가 뭉개지고 근육이 짓눌리며 갈비뼈가 우두둑하는 소음을 낸다.

공포와 고통 속에서 카이트가 비명을 터뜨렸다.

"으아아악!"

비명이 터지고 또 터졌다. 극심한 고통이었다. 차라리 칼날로 일격에 숨을 끊어줬으면 싶을 정도였다.

이윽고 비명이 멈췄다. 뭉툭한 손잡이가 카이트의 가슴을 뚫고 등 뒤로 빠져나왔다.

악귀처럼 일그러진 카이트의 얼굴을 내려다보며 시한은 고개를 저었다.

"저지른 죄에 비해 너무 쉽게 죽었구나, 카이트."

천천히 몸을 일으켜 주위를 둘러본다. 눈동자 위로 경악에 찬 백랑기사단의 모습이 비친다.

"저, 저건……"

"설마……"

자신들의 단장이 처참히 죽어가는데도 아무도 움직이지 않았다. 아니, 움직이지 못했다는 쪽이 옳을 것이다.

상대는 '그'였다.

모든 제국군의 공포로 군림했던 이.

감히 이름을 입에 담는 것만으로도 저주받는다고 여겨지던 루스클란의 공적.

테라노어 최강의 무신을 꺾고 육호장의 절반을 참살하였으며, 결국 광제의 목을 벤 이 시대의 진정한 최강자!

밀려오는 공포 속에서 백랑기사단이 꼬리 내린 개가 되어 사방으로 도주하기 시작했다.

"으아아아아악!"

그 모습을 지켜보며 성시한은 눈을 가늘게 떴다.

"아무도 도망 못 가."

짙은 살기가 분노와 함께 검은 눈동자 속에서 회오리치기 시작했다.

"네놈들은 십 년 전에 죽었어야 해."

이계구원자 시절의 성시한은 강력한 돌진력을 이용해 바로 수뇌부를 노린 뒤 적진을 와해시키는 수법을 즐겨 썼다. 은근히 젝센가드와 취향이 비슷했달까? 물론 뻔한 함정에 알아서 뛰어드는 바보짓은 하지 않았지만.

일단 수뇌부가 무너진 시점에서 제국군은 항복하거나 뿔뿔이 흩어져 도주했고, 시한은 굳이 도주하는 적들까지 쫓지 않았다.

사실 전술적으로 볼 땐 결코 칭찬할 수 없는 태도다. 항복이야 그렇다 치고, 도망치는 적군을 그냥 놔준다면 결국 새로운 적이 되어 돌아올 테니까.

덕분에 릴스타인이며 테오란트가 한참 잔소리를 해댔지만 당시의 시한은 끝내 고집을 꺾지 않았다.

비록 적으로 마주해 서로의 목숨을 노리는 처지가 되었지만, 결국 제국군 병사들도 어쩔 수 없는 시대의 희생자들이다. 그들 개개인 역시 누군가의 사랑하는 남편, 소중한 가족인 것이다.

하지만 이들, 백랑기사단은 다르다.

적월기사단 시절 루스클란 제국의 앞잡이로 살인, 고문, 강간, 약탈 등 온갖 죄악을 저지른 놈들이었다. 세상에 존재하는 모든 죄를 저질렀다고 하면 과장이겠지만 적어도 강자가 약자에게 저지를 수 있는 죄는 다 저지른 놈들이었다.

이들은 자신의 죄악에 책임을 져야 한다.

"으아아악!"

"도, 도망쳐……!"

백랑 기사들은 공포에 질린 쥐 떼처럼 사방팔방으로 흩어졌다. 개중엔 나무뿌리에 걸려 넘어지는 이도 있었다.

단련에 단련을 거듭한 기사급 소드하이어가 고작 발이 걸려 넘어지다니? 이들이 얼마나 극심한 패닉에 빠져 있는지 증명하는 광경이었다.

도주하는 기사들의 등 뒤로 푸른 투기강이 번뜩였다.

"도룡기, 팔각."

나직한 살의와 함께 빛의 칼날이 여덟 방향으로 퍼져 갔다. 대지를 파헤치고 거목을 쪼개며 파괴의 파도가 도주하는 기사들을 덮친다.

투기가 깃든 금속 갑옷이 종잇장처럼 구겨지고 피보라와 함께 팔다리가 허공에 나부꼈다.

"크어어억!"

"아아악!"

처참한 비명 속에서 시한이 몸을 날렸다. 간신히 공격을 피한 백랑 기사 하나가 그를 돌아보며 울상을 지었다.

"제, 제발 살려……."

차가운 미소를 떠올리며 시한은 상대를 내려다보았다.

기억에 있는 얼굴이었다. 물론 이름을 기억할 정도로 친한 사이라는 의미는 아니었다. 언제, 어디서 봤는지도 사실 가물가물하다.

기억하는 건 눈앞의 이 목숨을 구걸하는 작자가, 거리에 수많은 시체를 쌓아놓고 껄껄 웃음을 터뜨리던 광경뿐.

"용케도 아직 살아 있었군."

시한의 독백과 함께 디재스터가 빛을 발했다. 상대의 목이 뎅겅 잘렸다. 피를 뿜는 시체를 뒤로하며 성시한은 다시 몸을 날렸다.

"살려달라고?"

코웃음을 치며 그는 사방의 백랑기사단을 훑어보았다.

저놈들 손에 죽어간 동료들이 몇 명인지 셀 수도 없다. 저놈들 손에 죽어간 이들이 얼마나 많은지 짐작도 가지 않는다.

"살려주고 싶어도 못 살려줘."

우울하게 읊조리며 시한이 오른손을 들었다.

"나는 네놈들을 살려줄 자격이 없거든."

전격이 손가락 사이로 튀더니, 이내 다섯 줄기로 갈라져 숲을 가로질렀다.

"바람을 찢는 섬광의 외침, 체인 라이트닝."

뇌성이 울렸다. 전격의 그물이 십여 명의 백랑 기사를 일제히 덮쳤다.

도망치는 와중에도 전격을 맞은 기사들이 투기를 끌어올려 몸을 보호했다.

"크윽!"

"이, 이 정도는……."

패닉 상태라곤 하나 이들 역시 산전수전 다 겪은 기사급 소드하이어였다. 체인 라이트닝 정도는 투기 방어로 막을 수 있는 것이다. 충격은 받을지언정, 즉사할 정도로 약한 이들은 아니었다.

뭐, 시한도 거기까지 기대하진 않았다. 체인 라이트닝은 도주하는 놈들의 발을 묶는 것으로 충분히 제 역할을 다했다.

잠시 멈춘 백랑 기사들의 머리 위로 푸른 투기강이 시원스럽게 작렬했다.

콰콰콰쾅!

흩날리는 피보라 속에서 과거의 영웅은 슬픈 표정을 지었다.

"네놈들을 용서할 수 있는 건 오직, 네놈들에게 죽은 이들뿐."

그리고 그들은 모두 죽었기에 용서할 수도 없다.

            *   *   *

눈 깜짝할 사이 스무 명에 가까운 백랑 기사가 무참한 죽음을 당했다. 하지만 아직 그들은 여든 명 가까이 남아 있었고, 제각기 숲 여기저기로 필사의 도주를 감행하는 중이다.

아무리 모든 힘을 되찾은 성시한이라도 몸은 하나뿐이다. 여든 명이나 되는 기사를 모조리 쫓진 못한다.

그래서 그는 왼발로 땅을 강하게 짚었다.

"도망칠 수 있을 것 같아?"

무신급 소드하이어의 가공할 투기가 대지를 가르며 빛을 토한다. 청광이 숲 여기저기로 뻗어가 거대한 문양을 그린다.

"투기진, 극광!"

수백 미터에 달하는 어마어마한 영역이 푸른빛의 장막으로 뒤덮였다. 투기의 오로라가 너울거리며 달아나던 백랑 기사의 앞을 모조리 가로막았다.

"큭!"

"제, 젠장!"

백랑 기사들이 당황하며 주위를 둘러보았다. 하지만 어딜 봐도 달아날 곳이 없었다, 시야에 비친 모든 것이 푸른 오로라로 뒤덮여 있었다.

투기진을 펼친 채 시한이 싸늘한 미소를 지었다.

'예전에야 투기량이 모자라서 비실댔었다만······.'

지금은 완전히 힘을 회복했다.

"이거, 전력을 다하면 반경 1킬로미터까지 전개해 본 적도 있거든?"

도망칠 곳 따윈 어디에도 없다.

그걸 알아챈 백랑 기사들이 투기검을 뽑아 들었다. 이 빛의 장막을 뚫는 것만이 달아날 유일한 길인 것이다.

"타아앗!"

백랑 기사들이 몸을 날렸다. 청색의 오로라가 그들을 휘감왔다. 일부는 빛에 휘감겨 폭사하고, 일부는 용케 투기로 버티며 악을 써댔다.

아무리 성시한의 투기진이 강력하다지만, 기사급 소드하이어 역시 결코 약자는 아니다. 투사급인 이들은 대부분 비참하게 죽었지만 기사급은 용케 버티며 어떻게든 활로를 찾고 있었다.

이대로 시간이 지나면 강한 축에 끼는 이들은 탈출할 것이고, 아무리 성시한이 강해도 혼자서 그들 모두를 처리하기란 쉬운 일이 아니다.

하지만 지금의 그는 혼자가 아니었다.

"언제까지 구경만 할 거야, 우드로우?"

투기진을 유지한 채 성시한이 툭 말을 던졌다. 멍하니 서 있던 험상궂은 대머리 사내, 우드로우가 그제야 정신을 차렸다.

"아……."

화살을 시위에 겨누며 우드로우가 우렁찬 고함을 터뜨렸다.

"전원 공격!"

환희마저 깃든 외침이었다. 역시나 마찬가지로, 멍청하게 서 있던 설원의 망령들이 눈을 빛내며 전장으로 뛰어들었다.

"으아아아!"

"죽여!"

"다 죽여 버려!"

서른 명의 소드하이어가 백랑기사단의 뒤를 덮쳤다.

도주로가 가로막힌 데다 사기는 바닥까지 떨어진 상황, 아직 숫자는 백랑기사단이 두 배 정도 많지만 이미 승패는 결정된 것이나 다름없었다.

비명과 기합과 괴성이 숲속 가득 휘몰아쳤다.

"으아아악!"

"아아악!"

처참한 광경이었다. 하지만 시한의 표정은 흔들리지 않았다.

저들은 저런 광경으로 죽었어야 했다.

그럴 의무가 있는 놈들이었다.

*　　　　*　　　　*

아지트가 내려다보이는 숲 근처의 한 낮은 언덕.

니셔와 플레는 입만 쩍 벌린 채 눈앞의 광경을 지켜보고 있었다.

"맙소사……."

"저건 도대체……."

레테스 영지에서 만난 정체불명의 이방인들, 그들의 도움을 언어 두 사람은 용케 험준한 경계를 뚫고 영지를 탈출하는 데 성공했다.

이후 밤새 말을 달려 아지트로 돌아왔다. 제발 자신들이 늦지 않았기를, 제때 습격에 대한 정보를 전할 수 있기를 빌면서.

하지만 늦었다.

이미 설원의 망령은 백랑기사단의 습격을 받고 있었다.

그 광경을 멀리서 지켜보며 두 사람이 절망에 빠져 있을 때였다. 갑자기 옆에 서 있던 흑발의 청년이 앞으로 나섰고…….

"어째서 저놈들이 테오란트 밑에 있는 거지?"

잠시 후, 그는 적진 한복판에 나타났다.

그 이후의 일은 도저히 현실이라고 믿을 수가 없었다. 단한 명의 인간이 보일 수 있는 무위가 아니었다.

두 사람은 그저 눈을 휘둥그레 뜬 채 지켜보기만 했다.

하지만 저 흑발의 청년과 함께 온 거구의 사내, 그리고 백금발의 소녀는 저 무지막지한 광경을 보고도 별로 놀란 눈치가 아니었다.

백금발의 소녀가 거구의 사내를 돌아보며 말했다.

"이거 우리가 낄 자리가 없네요, 제논?"

"슬슬 끝난 것 같다. 우리도 내려가자, 알리타."

　　　　　*　　　　　*　　　　　*

　마지막 기사의 목에 칼날이 꽂혔다. 비렛타의 투기검이었다.

　"하아⋯⋯."

　숨을 몰아쉰 뒤 비렛타는 몸을 돌렸다. 그리고 저만치 떨어진 흑발의 청년을 바라보았다.

　우드로우도 마찬가지였다.

　한 손에 활을 든 채 믿기지 않는다는 얼굴로 청년을 보고 또 본다.

　지금은 비록 설원의 망령이라는 자조 어린 이름으로 스스로를 칭하고 있지만, 그는 한때 테라노어 최강의 돌격 부대를 지휘하던 몸이었다.

　그들의 대장이었던 지구의 소년은 이계구원자라고 불리기 전, 특유의 푸른 투기강 때문에 창천의 기사라는 이명을 지니고 있었다. 이후 소년은 혁명군 내의 강력한 소드하이어만을 모아 따로 돌격 부대를 만들었고, 그 부대는 자연스럽게 창천 기사단이라 불리게 되었다.

　그 지구의 소년이 지금 십여 년의 세월을 넘어 완연한 청년의 모습으로 눈앞에 서 있었다.

　우드로우가 떨리는 목소리로 물었다.

"시한… 대장?"

디재스터를 다시 허리에 차며 성시한은 우드로우를 돌아보았다.

"우드로우, 비렛타, 그리고 다들……"

씁쓸한 웃음이 그의 입가에 걸렸다.

"십 년 만이지? 돌아오는 게 너무 늦었어."

비렛타가 시한에게 다가왔다. 그의 얼굴을 이모저모 살피더니 조심스레 묻는다.

"정말 성시한 대장이에요?"

시한은 말없이 고개를 끄덕였다. 그러자 갑자기 비렛타가 그의 따귀를 호쾌하게 후려갈겼다.

"왜 이제야 돌아온 거야! 이 무책임한 인간아!"

짝!

그는 피하지 않았다. 아파하지도 않았다. 대신 비렛타가 손을 부둥켜안고 인상을 썼다.

시한이 피식 웃었다.

"성질은 여전하네. 아프지?"

"…여전히 한 대를 안 맞아주네요."

투덜대는 비렛타의 입가에도 미소가 떠올랐다. 하지만 어느새 그녀의 눈가는 촉촉하게 젖어 있었다.

다른 설원의 망령, 과거의 창천기사단원들이 우르르 몰려오며 고함을 질러댄다.

"대장?"

"뭐야, 정말 대장이야?"

"우와아아!"

"시한 대장님!"

사방에서 외침이 들린다.

대장, 시한 대장! 시한 대장님!

디나는 의아해했다.

"저 사람들, 발음 틀렸는데… 시한이 아니라 션인데……."

다른 외침도 들려온다.

성시한 대장님!

"그러니까 성시한이 아니라 션 스테인인데……."

디나는 고개를 저었다.

'아니, 아무리 발음이 비슷하다지만 성시한은 아니잖아? 션을 시한으로 착각하는 거야 그렇다 치더라도 션 스테인과 성시한은 너무 다른데? 게다가 성시한이라면 테라노어에서 모르는 사람이 없는 전설의 영웅인데, 무슨…….'

디나가 딱히 머리가 나쁜 건 아니다. 단지 현실을 똑바로 보기 힘들었을 뿐이다. 솔직히 말하면 그녀도 눈앞의 상황을 이해하고 있었다.

현실 도피는 금방 끝났다.

"션, 션, 시한, 시한… 성시한?"

그러고 보니 저 푸른 투기강에 대한 이야기를 들어 본 것 같았다.

그가 펼친 거대한 빛의 투기진 역시 소드하이어들에겐 유명한 기술이었다.

패왕기 역시 용병왕 바락이 원조이긴 하지만, 테라노어에선 다른 사람의 고유 투기술로 더욱 잘 알려져 있었다.

아니, 다른 걸 다 차치하고서라도 지금 션 스테인이 보인 무위는 절대 사람이 할 짓이 아니었다. 저런 짓은 과거의 혁명 6영웅이나 루스클란 육호장에게도 불가능했다. 아무리 견식이 짧은 디나라도 그 정도는 알고 있었다.

저게 가능하다면 족히 무신급 소드하이어의 경지…….

"에에……."

디나의 턱이 아래로 똑 떨어졌다.

"에에엑?"

넋 나간 얼굴로 비명 같은 괴성을 흘린다.

"에에에에엑!?!?!?"

바들바들 떨며 디나가 알리타를 돌아보았다.

"마, 마스터?"

그녀의 마스터는 전혀 놀란 얼굴이 아니었다. 함께 다니는 거구의 사내 역시 마찬가지였다.

둘은 오히려 웃고 있었다. 제논을 올려다보며 알리타가 숨을 크게 내쉬었다.

"어휴, 이제야 좀 홀가분하네요?"

전적으로 동감이라며 제논도 고개를 끄덕였다.

"그러게, 내 속이 다 시원하다."

알리타가 다시 고개를 돌렸다.

"맞아, 디나."

그녀는 패닉의 바다에 빠져 허우적대는 자신의 종자를 바라보며 상냥하게 말했다.

"그가 바로 이계구원자 성시한이야."

*   *   *

왕궁 노스윈드의 회색빛 회랑을 40대 중년 사내가 빠르게 걷고 있었다. 빛바랜 흑발에 갈색 눈동자, 투박한 수염을 기른 진중한 인상의 사내였다.

테오란트 왕국의 양대 기사단 중 하나, 백경기사단의 단장인 하이어 말루프는 빠르게 회랑을 통과해 왕성의 한 집무실로 들어섰다.

"부르셨습니까, 폐하?"

이제 막 북부의 마수 출몰 사건을 처리하고 온 하이어 말루프였다. 그런데 채 여독을 풀 새도 없이 테오란트가 그를 호출한 것이다.

말루프를 향해 테오란트가 작은 금속 토시를 들어 보였다.

"카이트가 죽었다."

불길한 흑색으로 물든 금속 토시였다. 하이어 말루프는 저 기물에 대해 알고 있었다.

루스클란 육호장 중 한 명인 드로탄 장군이 자신의 혈육인 카이트에게 내려준 마도구로, 주인이 죽으면 시꺼멓게 변색되는 마법이 걸린 물건이었다.

"방심했나 보군요."

그럴 수도 있다며 말루프가 어깨를 으쓱였다.

"저 정도는 아니더라도 우드로우는 강합니다. 전력상으론 밀려도 카이트의 목숨 하나 정도야 취하고 죽었을 수도 있겠지요."

같은 기사단장이라지만 카이트와 말루프의 격차는 크다. 달인급에 머물고 있는 카이트와 달리 말루프는 초인급 소드하이어의 경지에 든 자였다. 카이트 따위의 '하수'가 죽었다 해서 놀랄 이유는 없다.

금속 토시를 내려놓으며 테오란트가 인상을 썼다.

"설마 백랑기사단이 패한 것은 아니겠지?"

"그럴 리가요? 창천기사단이 대륙 최강이라 불린 건 십 년 전의 이야기입니다."

말루프는 고개를 저었다.

"에세드도, 콘라드와 실피스도 떠났습니다. 우드로우와 나머지 잔당만으로 백랑기사단을 이길 수 있을 리가 없습니다."

"그렇지……."

그럼에도 테오란트의 표정은 펴지지 않았다.

"지금 당장 백랑기사단에 전령을 보내 전황을 확인하라."

말루프로선 납득하기 힘든 명령이었다.

"며칠만 기다리면 승전보를 들고 돌아올 겁니다. 그런데 굳이……."

테오란트가 고개를 저었다.

"어쩐지 예감이 좋지 않아."

Chapter 3

창천기사단

사파란은 거울 앞에 섰다. 곱슬거리는 허니 블론드를 등 뒤로 늘어뜨린 아름다운 사내의 얼굴이 비쳤다.

매혹적인 청록색 눈동자에 뚜렷한 이목구비, 30대 후반임에도 불구하고 피부에 주름 하나 없다. 분명 사내인데도 요염한 색기마저 보이는, 농염한 미녀라고 해도 의심치 않을 미모였다.

거울에 비친 자신의 얼굴을 살펴보며 사파란은 빙그레 웃었다.

"거울아, 거울아, 세상에서 누가 제일 예쁘니? …라고 중얼거려야 할 분위기로군. 그러고 보니 지구엔 그런 동화도 있다지?"

여자 같은 외모에 콤플렉스가 있던 릴스타인과 달리, 사파란은 그런 게 없었다. 자신의 외모에 충분히 만족하고 또 그걸 가꾸길 즐겼다.

그래서 혹자는 대륙의 양대 미녀로 시프 퀸 레비나와 카렌 이나시우스를 꼽을 게 아니라, 3대 미녀로 백색의 사파란까지 끼워야 한다는 농담도 하고 있었다.

덕분에 사파란이 남색을 즐긴다는 억측도 돌았지만, 딱히 그가 동성애적 취향을 지니지는 않았다. 실제로 왕비도 있었고 후궁도 꽤나 두고 있었으니까. 그는 그저 아름다운 걸 좋아할 뿐이다.

어쨌거나 지금 사파란이 거울 앞에 선 이유는 자신의 잘난 얼굴이나 감상하려는 것이 아니다.

그가 손가락을 튕겼다.

"연결하라."

플로어 마스터의 강대한 마력이 거울을 통해 흘렀다. 이내 거울에 비친 사파란의 모습이 사라지고 은발의 미녀가 나타났다.

미녀의 얼굴을 보며 사파란이 빙그레 웃었다.

"여전히 아름답군, 레비나."

"여전히 예쁜 거 좋아하네, 사파란. 사내 주제에."

레비나는 혀를 차며 고개를 저었다. 그래도 저 말을 부정하진 않는 걸 보니, 자신이 예쁜 줄은 아는 모양이었다.

웃음기를 띤 채 사파란이 물었다.

"왜 연락했지? 국가 간 핫라인은 비싸다고. 전언 마법에 들어가는 촉매 가격이 얼만지 알아? 일국의 군주라면 무릇 검소해야 하는 법이다."

레비나가 코웃음을 쳤다.

"검소하게 살 거면 무엇하러 왕이 된 건데? 이 정도쯤은 푼돈 취급하고 싶어서 그 고생한 것 아니었어?"

"너나 그렇겠지, 레비나. 난 어디까지나 테라노어의 미래와 백성들을 위해 왕이 되었다만?"

"그런 인간 피부가 그렇게 매끈해? 네가 쓰는 미용수 가격이 아마 전언 마법의 촉매보다 비쌀걸?"

표정은 웃고 있지만, 오가는 말은 날카롭기 그지없었다. 사파란도 레비나도 더 이상 십 년 전의 사이가 아닌 것이다.

문득 레비나가 고개를 갸웃거렸다.

"그런데 핫라인이 뭐야?"

"시한이 예전에 그러더군. 지구에선 일국의 왕끼리 연락을 취하는 걸 핫라인이라고 한다고."

"…뜨거운 줄이 전언 마법이랑 무슨 상관이 있는데?"

"지구에선 전언 마법의 촉매로 밧줄을 삶아서 쓰나 보지. 아니, 지구엔 마법이 존재하지 않는다 했으니 그럴 리는 없나?"

뭐, 지구에서 줄을 삶든 튀기든 이들에겐 상관없는 문제다. 농담처럼 말을 잇던 사파란의 눈매가 살짝 매서워졌다.

"하여튼, 왜 연락한 거지?"

레비나의 표정도 진지해졌다. 그녀가 대뜸 본론을 꺼냈다.

"래디언스 원의 일, 테오란트의 짓이라고 믿는 거야, 정말로?"

사파란은 피식 웃었다. 그 역시 테오란트와 직접 얼굴을 맞대고 연락을 취해보았다.

"확실히, 표정엔 거짓이 없어 보였지."

물론 지금의 테오란트는 십 년 전의 그가 아니다. 예전에 거짓말하지 못했다고 지금도 하지 못하리란 법은 없다.

"하지만 그 고지식하던 인간이 이제 와서 능수능란하게 표정 관리를 할 수 있을 것 같지도 않군."

"동감이야, 사파란."

거짓말을 할 머리가 없는 게 젝센가드라면, 테오란트는 거짓말을 하는 스스로를 용납할 수 없는 인간이었다. 하염없이 고지식한 성격에 자존심만 드높은 채로 나이를 먹어, 자기 자신만이 옳다고 믿는 꽉 막힌 인간이 된 것이 바로 지금의 테오란트다.

"그런 인간이 저런 식으로 속이진 않겠지."

레비나의 말에 사파란이 살짝 인상을 썼다.

"솔직히 말하면 나는 레비나, 네 짓이라고 의심하고 있다만?"

릴스타인이나 사파란은 마기언이다. 아무래도 투기술을 위장할 방법이 없다.

반면 현재의 레비나는 대륙 유일의 무신급 소드하이어였다. 물론 다들 테오란트 역시 무신급의 경지에 다다랐다고 의심하고 있긴 하지만, 적어도 공식적으로 알려진 것은 그녀뿐이다.

"무신급 소드하이어쯤 되면 완벽한 카피도 가능하지 않겠어? 시한 녀석도 가능했는데."

"시한이 완벽한 카피가 가능했던 건 지구인이었기 때문이지, 무신급 소드하이어라서가 아니었어. 사파란, 너도 잘 알잖아?"

"무신급 소드하이어가 무슨 짓을 저지를지 모르는 괴물이란 건 잘 알고 있지."

사파란의 눈빛이 매서워졌다. 레비나가 어깨를 으쓱였다.

"이해는 해. 제삼자의 입장이었다면 나도 그렇게 의심했을 거야. 하지만 아쉽게도 나는 내 자신이 범인이 아니란 걸 너무 잘 알고 있어서 말이지."

"나보고 그걸 믿으라는 건가?"

"일단 좀 들어 봐."

레비나가 처음 의심한 것은 카렌이었다.

딱히 사파란과 릴스타인에게 동기가 없어서는 아니었다. 육왕국 사이의 분열을 꾀할 목적이라면 모든 혁명 6영웅에게 다 동기는 있다.

"하지만 범인이 너나 릴스타인이었다면 굳이 테오란트에게 뒤집어씌우진 않았겠지."

훨씬 의심받기 좋은 희생양이 있다.

바로 레비나 자신이었다.

범인이 뇌신기 대신 잠형기나 은형살로 래디언스 원을 박살냈다면 다들 그녀가 범인이라 믿어 의심치 않았을 것이다.

"설마 마기언씩이나 되어서 그런 실수를 할 것 같진 않더라고."

사파란은 비웃었다.

"그것까지 계산하고 뇌신기를 썼다면? 자기 자신을 혐의에서 벗길 방법이기도 하잖나? 게다가 카렌은 누구처럼 음흉하지 않을 뿐이지 결코 멍청한 여자가 아냐. 그 이유만으로 그녀를 의심하는 건가?"

음흉하다고 욕먹은 '누구'가 인상을 쓰며 말을 돌렸다.

"그래서 처음에는 카렌을 의심했다는 거야. 금방 그 가설은

깨졌어."

동기야 어떻건 간에 중요한 건 방법이다.

대체 무슨 수로 테오란트의 뇌신기를 재현한 것일까?

"그런데 말이지, 사실 방법이 없는 것은 아니잖아?"

아주 쉬운 방법이 있다. 그냥 뇌신기를 익힌 테오란트의 제자나 부하를 매수해 버리면 된다.

사파란 역시 레비나와 비슷한 추리를 하고 있었다. 그리고 똑같은 문제에 직면했다.

그가 레비나의 말을 받았다.

"하지만 래디언스 원에 나타났던 그 도둑은 투기강을 썼지."

뇌신기를 익힌 초인급 이상의 소드하이어는 대륙에 두 명뿐이다.

테오란트 본인과 백경기사단의 단장 하이어 말루프.

"물론 달인급인 이들 중 알려지지 않은 초인급이 있을 수도 있지만, 그걸 감안해도 테오란트의 제자인 사미드와 라펠 정도다."

백랑기사단에도 달인급 소드하이어가 세 명 있긴 하지만 그들은 뇌신기나 염룡기를 익히지 않았다.

즉, 가능성이 있다면 말루프와 사미드, 라펠뿐인데…….

"저 세 사람을 매수할 방법이 과연 있다고 생각해?"

레비나의 질문에 사파란이 단호하게 대꾸했다.

"없지."

일국의 왕답게 서로의 정세에 대한 첩보를 게을리하지 않았다. 당연히 각국의 거물들에 대해서도 잘 알고 있다. 매수할 방법이 있었다면 당장 레비나나 사파란도 슬쩍 한 발 얹어두었을 것이다.

사파란이 중얼거렸다.

"정황증거로만 보면 분명 테오란트가 범인일 수밖에 없지만……."

너무 증거가 뻔해서 오히려 의심스럽다. 이것이 래디언스 원의 사태에도 불구하고 다른 왕국이 바로 움직이지 않는 이유였다.

원래 약속대로라면 모두 힘을 합쳐 테오란트를 벌해야겠지만, 그것 자체가 누군가의 노림수로 보이는 것이다.

"그런데 같이 머리 맞대고 추리 게임이나 하자고 굳이 전언 마법을 건 것은 아니겠지, 레비나?"

순간 레비나의 안색이 굳었다. 그녀가 심각한 목소리로 물었다.

"시한이라면?"

"시한?"

"그래, 성시한. 만약 그가 테라노어로 돌아왔다면? 충분히 가능한 일 아니야?"

"확실히 그 녀석이라면 이 모든 상황이 말이 된다만……."

"너와 릴스타인은 절대 시한이 테라노어로 돌아올 수 없다고 했어. 그거, 정말 확신할 수 있는 거야?"

사파란이 단호하게 고개를 끄덕였다.

"틀림없다. 누군가가 소환해 주지 않는 한, 자력으로 시한이 테라노어로 돌아올 방법은 절대 없어."

백색 상아탑주이자 플로어 마스터의 권위를 걸고 그는 단언했다.

"나도 릴스타인도 이미 확인한 사실이니까."

*　　　*　　　*

루스클란의 이계소환술.

그 술식을 그토록 연구하고 연구했지만 릴스타인은 이계소환술은 사용할 수 없었다. 마물 소환은 고사하고 차원문을 여는 것조차 불가능했다.

아무리 강력한 마기언이라도, 테라노어인에겐 차원 너머로 그 마력을 뻗을 방법이 없었으니까.

그리고 릴스타인은 그 이유도 알아냈다.

거울 너머로 사파란이 이유를 설명했다.

"루스클란 황족이 차원에 개입할 수 있는 건 그들의 혈통에 내재된 특별한 인자 때문이다. 마법 실력과는 아무 상관이 없어."

사파란 역시 릴스타인의 연구에 대해 잘 알고 있었다. 차원 연구는 릴스타인의 전공이었지만 그 역시 계속 옆에서 실험을 도왔으니까.

둘의 사이가 그리 좋지 않았다곤 하지만 그건 어디까지나 다른 친구들에 비해서의 이야기다. 남들은 그냥 목숨 걸고 살려줄 때, 욕하면서 목숨 걸고 살려주는 정도의 차이?

당연히 서로의 연구 성과는 공유했다. 그러던 시절이었다.

"어째서 초대 루스클란 황제에게만 그런 인자가 있었는지는 모른다. 돌연변이인지, 아니면 다른 이유가 있는 것인지. 확실한 건 그 혈통 속 인자만이 차원 너머로 손을 뻗을 힘을 준다는 거다."

그래서 릴스타인은 당시의 성시한에게도 혹시나 그런 인자가 있을지 실험해 보았다.

"시한은 이계의 마물에게도 마법을 쓸 수 있었지. 이계의 마물에게 지배력을 행사하는 루스클란처럼."

레비나가 고개를 갸웃거렸다.

"그건 시한이 똑같이 소환된 처지이기 때문 아니었어?"

"그렇지. 하지만 일단 확인해 볼 가치는 있었다."

실험 결과, 성시한에겐 그 특별한 인자가 없었다. 몇 번이나 확인하고 또 확인한 일이었다.

"시한은 절대 자력으론 테라노어로 못 돌아와."

사파란이 피식거리며 말을 이었다.

"물론 그 녀석이 지구에서 차원문을 열겠다고 발버둥 칠 수야 있겠지. 당시 녀석은 마학의 깊이가 낮았고, 저 실험을 제대로 이해하지도 못했으니까."

그러나 결코 차원문은 열리지 않을 것이다.

그건 오로지 루스클란의 인자를 지닌 이에게만 허락된 것이니까.

레비나가 납득하며 중얼거렸다.

"그렇다면 시한이 테라노어로 돌아올 방법은, 누군가가 그를 소환해 주는 것뿐이네?"

사파란은 고개를 저었다.

광제조차도 혈족의 희생을 치러 겨우 연 지구로의 차원문이었다. 과연 현시대에 그 정도로 강력한 루스클란의 후예가 남아 있을까?

"혹여 그런 일이 벌어졌다 해도, 그 경우 나나 릴스타인이 알아차리지 못할 리가 없다."

지구에서 테라노어로 차원문을 열었다면 그 반향은 지구가 감당한다. 그러니 테라노어에선 평범한 차원의 흔들림 이상으론 느껴지지 않는다.

하지만 테라노어에서 지구로 차원문을 열었다면?

"루스클란의 마물이 존재하는 일반적인 외차원과 지구는 거리 자체가 다르다. 그 먼 지구로까지 차원문을 열었다면 차원 전체가 흔들리는 거대한 반향이 생기지. 그런 일이 있었는데 못 알아차린다면 플로어 마스터 자리 내놓아야겠지."

유일한 방법은 광제급의 이계소환술사를 시켜 성시한을 재소환한 뒤, 강대한 마력으로 그 반향을 감춰 버리는 것뿐이다.

"그런 짓이 가능한 건 나와 릴스타인 둘뿐이지. 그런데 우리가 왜 시한을 소환하겠어? 복수심에 불타는 옛 친구에게 목 잘리려고? 나는 아직 자살할 정도로 삶에 회의를 느끼고 있지는 않다만?"

사파란은 비웃음을 머금은 채 웃었다.

어떤 경우에도 시한이 범인일 순 없다.

"네가 저질러 놓고 우리를 혼란시키려는 것 아닌가, 레비나?"

눈을 가늘게 뜨며 사파란이 레비나를 노려보았다. 그녀가 손을 휘저었다.

"좋을 대로 생각해. 어차피 내가 어떤 변명을 해도 받아들이지 않을 거잖아?"

말과 동시에 거울이 뿌옇게 흐려진다. 레비나 측에서 전언 마법을 끊은 것이다.

다시 자신의 모습을 비추는 거울을 바라보며 사파란은 차갑게 웃었다.

"당연하지, 나는 성시한 그 녀석처럼 네 말이라면 다 믿어주는 멍청이가 아니거든?"

*   *   *

거울에서 물러서며 레비나는 고개를 끄덕였다.

쓸 만한 정보를 건졌다. 사파란은 절대 시한이 돌아올 수 없다며 한 말이었지만······.

"즉, 사파란이나 릴스타인이 루스클란의 잔당을 이용하면 아무도 몰래 성시한을 재소환할 수도 있다는 소리잖아?"

방 밖에서 대기하고 있던 금발의 미청년, 조르단이 레비나 곁으로 다가오며 물었다.

"소득이 있었습니까, 여왕 폐하?"

"있다면 있고, 없다면 없어."

구시렁거리며 레비나는 걸음을 옮겼다. 잽싸게 따라붙으며 조르단이 질문을 이었다.

"그럼 혹시 범인의 정체를 알아내셨는지?"

"글쎄?"

레비나는 애매한 대꾸만을 흘렸다.

조르단 앞에서 성시한을 언급할 순 없었다.

여전히 이계구원자는 테라노어에서 영웅으로 여겨지고 있으며, 심지어 그녀의 연인들 중 하나인 조르단 역시 마찬가지였다.

조르단 입장에선 성시한은 애인의 옛 남자인 셈이다. 상식적이라면 결코 만나서 유쾌한 상대가 아니겠지만······.

'이 인간이 시한을 만나면 과연 질투를 불태우기나 할까? 오히려 송구스러워하며 알아서 길 것 같은데?'

슬쩍 레비나가 조르단을 흘겨보았다. 물론 그는 이유를 눈치채지 못했다.

"폐하? 왜 그러시는지?"

"아냐, 아무것도."

조르단뿐만이 아니었다.

대외적 이미지 때문에 아직 결혼은 하지 않았지만, 레비나는 조르단 말고도 다섯 명의 애인을 더 두고 있었다. 과연 그들 중 적이 되어 나타난 성시한 앞에서 적의를 보일 이가 과연 있느냐 하면······.

'없지, 없어.'

게다가 진실에 대해 알게 되면 오히려 안면 몰수할 가능성이 지대했다. 그녀는 여섯 명의 애인들을 모두 사랑했지만, 그들에게 큰 기대는 하지 않았다.

고개를 절레절레 저으며 레비나는 자신의 방으로 향했다.

생각해 보면 범인이 성시한일 가능성은 극히 낮았다. 릴스타인이나 사파란이 그를 재소환해야 할 이유도 전혀 떠오르지 않았다.

'더구나 시한 성격에 죄 없는 태양의 프린들을 희생시키면서까지 저런 짓을 할 리가 없어.'

고운 미간을 찌푸리며 그녀는 속으로 중얼거렸다.

'그런데 왜 이렇게 찜찜하지?'

한낱 짐승조차도 굴을 여러 개 파서 만일을 대비한다.

당연히 설원의 망령이 마련한 아지트는 하나뿐만이 아니었다. 침엽수림 그왈로드의 아지트 말고도 테오란트 왕국 곳곳에 다른 은신처들이 있었다.

수도 글레이시어에서 나흘 거리에 떨어진 버벌트 협곡 역시 그런 은신처가 숨겨진 곳 중 하나였다.

험준한 지형 사이에 위치한 커다란 동굴, 거기에 환기구와 수로를 뚫어 만든 새 은신처를 살펴보며 시한은 감탄을 흘렸다.

"여기 좋은데? 확실히 들킬 염려는 없겠어. 왜 여길 놔두고 그왈로드에서 지낸 거야?"

비렛타가 불퉁한 얼굴로 대꾸했다.

"습기 차고, 물이 새거든요."

동굴이라고 물 안 새는 건 아니다. 오히려 지하수라든가, 이슬 맺힘 때문에 더 축축하다. 뭐, 비야 안 새겠다만.

"연기도 잘 안 빠져나가고."

인류의 역사를 봐도 동굴에서 움막, 그리고 지상 가옥의 형태로 옮겨졌었다. 동굴 생활이란 게 와일드한 낭만은 있을지 몰라도 실제론 사람이 살기 좋은 형태가 결코 아닌 것이다.

우드로우 역시 비슷한 표정이었다.

"아무래도 숲속 아지트에 비해서 위험도가 크니까요, 시한 대장."

협곡이라 지형이 험하고 오가는 길목도 제한되었다. 은밀하게 숨겨진 것까진 좋은데, 그 은밀성 때문에 일단 장소를 들키면 달아나기도 힘들다.

"그래서 주둔지보다는 일을 벌일 때만 쓰는 용도의 은신처였습니다."

설명하며 우드로우는 걸음을 옮겼다.

그의 안내에 따라 시한 일행도 동굴에 들어섰다.

투덜거린 것과는 달리 동굴 안쪽은 제법 그럴싸했다. 넓은 내부에 투기검으로 벽을 깎고 이런저런 가재도구도 들여놓아 생각보다 훨씬 안락해 보였다.

'다큐멘터리에서 보던 카타콤 같은 느낌이네.'

일단 제논의 표정이 평온하다는 게 상당히 사람 살 만한 곳이란 증거였다.

알리타가 디나를 재촉했다.

"가자, 디나."

"네, 마스터."

멍한 표정으로 디나가 대꾸했다. 그 모습에 알리타가 한숨을 내쉬었다.

"에휴⋯⋯."

성시한의 정체를 알게 된 후론 며칠째 이런 표정이었다. 워낙 충격이 커서 제대로 머리가 돌아가지 않는 것 같았다.

"정신 좀 차려, 얘."

"네, 마스터."

"그래, 시간 좀 지나면 괜찮아지겠지."

"네, 마스터."

"⋯⋯."

적당히 방을 배정받아 시한 일행은 짐을 풀었다. 그리고 성시한과 제논, 알리타, 그리고 우드로우와 비렛타가 동굴 한쪽에 마련된 작은 석실에 모여 앉았다.

시한이 알리타를 향해 물었다.

"디나는?"

"일단 재웠어요. 피곤이 좀 풀리면 정신이 들겠죠. 적어도 자는 모습은 평온해 보이던데."

"왠지 좀 미안하네."

고개를 돌려 시한은 우드로우를 바라보았다.

"도대체 지난 십 년간 무슨 일이 있었던 거야? 어째서 적월 기사단이 테오란트 밑에 있었던 거지?"

*　　　*　　　*

루스클란 제국을 물리치고 육왕국의 시대가 왔다. 광제 루스타나드 대신 혁명 6영웅이 테라노어의 새로운 통치자가 되었다.

그리고 그 통치는 결코 쉽지 않았다.

악을 물리치면 짠 하고 저절로 행복한 세상이 오는가?

아쉽게도 세상은 그리 단순하지 않다.

새로운 질서, 새로운 체계를 세워야 했다. 제국 대신 백성을 관리하고 통제할 필요도 있었다.

인원이 턱없이 부족했다.

혁명군의 전사들은 기존의 체계를 뒤엎기에 충분한 무력을 지니고 있었지만, 새로운 체계를 유지할 정도의 행정력은 지니고 있지 않았다.

어쩔 수 없이 기존 제국의 관리들을 수용할 수밖에 없었다. 그리고 그중에는 한때 루스클란 육호장의 가문 출신, 과거 광제의 폭정에 그 누구보다 앞장섰던 이들조차도 포함되어 있었다.

"일단 육호장 중 오브겔과 엔타스 가문은 멸문했습니다."

우드로우의 말에 시한이 당연하다는 표정을 지었다.

"그렇겠지, 우리가 멸문시켰잖아."

저들은 이계구원자와 창천기사단에 의해 전멸한 이들이다.

"하지만 드로탄과 센트레인, 트리아스트와 카니반 가문은 건재했지요. 많이 위축됐을지언정 제국이 멸망한 후에도 비교적 세력을 보존하고 있었습니다."

릴스타인 왕국은 엄격한 법을 세우고, 과거 제국 시절에 대한 치죄를 철저히 했다. 이나시우스 교국 역시 마찬가지였다.

의외로 젝센가드 왕국도 상황은 비슷했는데, '마음에 안 드는 놈들이 주위에 얼쩡대는 건 절대 싫다!'라는 젝센가드의 유치한 고집 때문이었다.

기가 막혀 시한이 뇌까렸다.

"…젝센가드가 그나마 잘한 것도 있네?"

그래서 도저히 용서받을 수 없는 죄악을 저지른 네 가문의 기사들은 사파란과 팔로스, 테오란트 왕국으로 흘러들어 갔다.

세 왕국은 제국의 범죄자들을 받아들였다. 저들의 죄는 분명 크지만 그들이 지닌 세력은 그냥 버리기엔 너무 아까운 것이다.

"저들을 처벌하는 것보다 백성들에게 봉사케 하여 그들의 죄를 씻을 기회를 주겠다. 그것이 세 왕국의 입장이었지요."

"하하……."

성시한은 기운 빠진 웃음을 흘렸다.

어처구니없는 일이었다.

말이 좋아 백성들에게 봉사지, 실제론 관리가 되어 그들을 지배하라는 소리다. 여인을 강간한 범인에게 상대와 결혼해서 평생 책임지라는 소리와 대체 뭐가 다르단 말인가?

하지만 이젠 그도 더 이상 어린 소년이 아니었다.

어째서 저런 식으로 일이 흘러갔는지 정도는 이해할 수 있었다. 위의 비유도 어처구니없어 보이지만, 70년대 한국에서 실제로 있었던 판결이다.

인간이란, 생각만큼 현명한 존재가 아닌 것이다.

"그래도 믿기 힘든 이야기군. 사파란과 레비나야 그렇다 치고, 그 고지식하던 테오란트가?"

시한의 물음에 우드로우가 한숨을 쉬었다.

"그 고지식함이 독이 되었습니다."

고지식하다는 건 융통성이 없다는 것이고, 융통성이 없다는 건 일의 경중을 구별할 줄 모른다는 의미도 된다.

테오란트가 결코 어리석은 이는 아니었다. 그저 국가를 통치하며 옳고 그름 대신 현실의 득실을 택했을 뿐이다.

결코 타협하지 않던 자가 한번 타협하기 시작한다면?

어쩔 수 없는 현실에 맞춰 타협하고 또 타협한다. 고지식함은 아집으로 바뀐다. 스스로를 속이고, 합당한 이유를 붙이고, 올바른 반론을 내세우는 이들을 어리석다 취급하게 된다.

그 결과가 이것이다.

젝센가드 왕국과 함께 테라노어 최약체가 된 테오란트 왕국.

"십 년 전엔 백성을, 나라를 위해 모든 것을 포용한다는 명분을 걸었지만 결국 그게 틀렸다는 게 증명됐지요."

테오란트 왕국뿐만이 아니다.

똑같은 플로어 마스터인 릴스타인과 사파란, 똑같은 여왕인 카렌 이나시우스와 레비나였다. 하지만 십 년이 지난 후 릴스타인 왕국과 이나시우스 교국은 2강에 속한 반면 사파란 왕국과 팔로스 왕국은 2중에 속했다.

올바른 과거의 청산이 미래에 어떤 결과를 가져오는지 보여주는 명확한 증거였다.

'하긴, 젝센가드 같은 경우는 올바른 이유로 저들을 내친게 아니었댔지.'

납득하며 성시한은 고개를 끄덕였다.

우드로우가 창천기사단에 대한 이야기로 화제를 돌렸다.

"시한 대장이 지구로 돌아간 뒤 에세드와 콘라드, 실피스는 은거했습니다. 더 이상 검을 들지 않고 조용히 살아가고 싶다더군요. 그 외에도 많은 이들이 고향으로 돌아갔습니다."

이야기를 듣고만 있던 제논이 아는 체를 했다.

"아, 에세드라면 혹시 그 파산기의……."

"맞아, 파산기의 운용법을 쓴 게 그 친구야."

시한이 고개를 끄덕였다. 우드로우가 설명을 이었다.

"남은 창천기사단은 테오란트에게 몸을 의탁했습니다."

성시한을 잃은 창천기사단은 새로운 거처를 찾아야 했다.

일단 마기언이란 점에서 사파란과 릴스타인은 그리 탐탁지 않았다. 아무래도 전사의 입장을 아는 이가 그들을 좀 더 잘 대우해 줄 것 같았다.

"지금은 꼭 그런 것도 아니란 걸 알지만, 당시엔 그렇게 생각했었죠."

그렇다고 레비나나 젝센가드 밑으로 가기도 싫었다.

레비나의 본성은 성시한만 몰랐지, 고위층은 대충 눈치채고 있던 사실이고, 젝센가드는 너무 단순 무식한 인간이었다.

"결국 테오란트냐, 카렌 이나시우스냐였는데… 그래도 같은 소드하이어인 테오란트가 더 잘 맞을 거라 여겼습니다."

문득 비렛타가 투덜거렸다.

"지금 생각해 보면 차라리 이나시우스 교국으로 갈걸 그랬다 싶지만 말이죠."

단순히 왕만을 보고 고른 선택인 것만은 아니었다.

테오란트 왕국은 테라노어 최북단, 가장 마수의 활동이 활발한 곳이었다. 그만큼 전사가 숭배받는 곳이었고, 소드하이어들에 대한 민심도 좋았다.

"하지만 역시 백랑기사단을 용납하긴 어려웠습니다."

창천기사단과 백랑기사단은 수시로 충돌했다. 게다가 창천기사단원들은 여전히 성시한의 지구 귀환에 대해 의문을 품고 있었다. 테오란트 밑에서 지내면서도 틈틈이 그날의 진실에 대한 탐색을 그치지 않았다.

결국 이들은 테오란트의 골칫거리가 되었다. 그리고 테오란트는 단호한 처단을 내렸다.

어느 날 갑자기, 백랑기사단과 수천의 왕국군이 창천기사단을 습격했다.

"반역죄… 라더군요. 헛소문으로 민심을 어지럽힌 뒤 국왕의 이름을 더럽혀 왕국을 뒤엎으려 한다고……."

그날의 고통이 떠올랐는지 우드로우가 말을 더듬었다. 비렛타의 안색도 어두워졌다.

절반에 가까운 동료들을 잃은 후에야 간신히 창천기사단은 포위망에서 탈출했다.

"뿔뿔이 흩어져 다른 나라로 도피하는 수도 있었지만……."

그럼 죽어간 동료들의 원한을 갚을 길이 요원해진다. 그래서 도적단으로 위장한 채 숨어 살며, 테오란트에 대한 복수의 기회만을 노리고 있었다는 것이 우드로우의 설명이었다.

성시한도 제논도 알리타도, 그저 침묵한 채 듣기만 했다.

무거운 이야기였다.

한참 후에야 시한이 길게 한숨을 내쉬었다.

"다들, 미안하다……."

비렛타가 물었다.

"대체 왜 말도 없이 떠나버린 거예요, 시한 대장?"

우드로우 역시 마찬가지였다.

"대체 그날 무슨 일이 있었던 겁니까?"

시한은 천천히 입을 열었다.

십 년 전의 진실을 듣게 된 우드로우와 비렛타는 의외로 크게 놀라지 않았다.

어차피 예상했던 진실이었다. 창천기사단 내에서도 의심했던 이야기였고, 비슷한 소문 역시 꽤나 돈 적이 있었다.

그래서 굳이 분노를 터뜨리거나 하지도 않았다. 이미 그들에게 분노는 충분했다.

대신 우드로우는 웃었다.

"이제 시한 대장이 돌아왔으니, 그 금수만도 못한 것들에게 정의의 철퇴를 가할 수 있겠군요!"

기뻐하는 대머리 사내를 보며 시한이 쓴웃음을 지었다.

"철퇴는 가할 거야. 그것의 이름이 정의인지 어떨지는 모르겠지만."

"예?"

"아, 그냥 혼잣말."

성시한은 말을 얼버무렸다. 비렛타가 고개를 끄덕이며 말했다.

"그나저나, 역시 젝센가드를 몰락시킨 건 사실 시한 대장이었네요. 그럼 그렇지, 켈테론 따위가 그런 짓을 할 수 있을 리가……."

과거를 떠올리며 우드로우와 비렛타가 실실 웃었다. 그러자 시한이 정색을 했다.

"사실 그 쿠데타는 켈테론이 전부 처리한 것이나 다름없다. 나는 그저 마지막에 포크만 꽂았을 뿐이야."

"엥? 그까짓 놈이 어떻게?"

우드로우가 믿을 수 없다는 표정을 지었다. 비렛타 역시 마찬가지였다.

"혹시 저희가 아는 켈테론이 아닌가요? 그 현자의 육체에

야수의 두뇌……."

"그 켈테론 맞아."

시한은 쓴웃음을 지었다. 두 사람이 저렇게 나오는 것도 충분히 이해할 수 있었다.

"나도 그를 처음 봤을 땐 비슷한 편견을 가지고 있었지."

사실 성시한이 켈테론을 처음 본 건 십여 년 전의 일이다. 하지만 당시 그에게 켈테론은 웃긴 별명을 지닌, 수많은 잡병 중 하나일 뿐이었다.

그러니 베르셀트 지방의 사도교 토벌 때 처음 봤다고 해도 틀린 말은 아니다.

그때 시한은 켈테론을 세상에 흔해 빠진, 어리석고 무능한 간신배 귀족이라고만 여겼다.

어쩔 수 없었다.

당시 켈테론이 보인 추태가 한둘이어야지?

용병들이 죽든 말든 제 목숨만 챙기고, 주변 상황이 어떻게 돌아가든 권력을 앞세워 제 고집만 피우는 그 광경에서 어리석음과 무능함 외에는 찾을 수 없었다.

'하지만 잘 생각해 보면 그때 이미 켈테론은 지휘관으로서 전혀 무능하지 않았단 말이지.'

용병들과의 첫 만남에서 그는 적절하게 수하들의 생리를 파악해 행동했다.

제대로 군사훈련을 받지 않은 용병들을 짧은 연설과 저녁의 술자리로 달래 마음을 사고, 무난히 행군으로 이끌었다. 실제로 당시 용병들은 켈테론에게 꽤 호감을 느꼈다.

그 이후에도 철저히 행군 경로를 짜고 배급도 충실히 했다.

마수의 습격 때 어리석은 짓을 해 반감을 사긴 했지만, 그 이후 특별식과 편한 숙소를 제공해 바로 다독거려 사기를 유지시켰다.

정보 파악 면에서도 결코 소홀히 하지 않았다. 사람을 부려 은밀히 감춰져 있던 시한재림교의 정확한 위치를 파악한 것도 그였다.

켈테론은 분명 뛰어난 지휘관이었다. 그러나 사람들이 기억하는 건, 목숨을 위협받았을 때 그가 보인 추태뿐이다.

"인간은 긍정적인 면보다 부정적인 면을 훨씬 잘 인식하고 기억에 남긴다고 하지."

분명 켈테론은 혁명전쟁 당시 굉장히 무시당하고 살았다. 하지만 라텐베르크 왕국의 권력자가 된 지금은 결코 무능하다고 폄하할 수 없는 것이다.

시한이 천천히 중얼거렸다.

"자리가 사람을 만든다는 말이 있는데, 내가 보기엔 좀 다른 것 같아."

자리가 사람을 만든다면, 국왕의 자리에 오른 젝센가드가 그 모양 그 꼴이었던 것은 대체 어떻게 설명할까?

바보는 어디 앉아 있어도 바보다.

하지만 천재는, 앉은 자리에 따라 바보처럼 보일 수도 있다.

"오히려 자신에게 맞는 자리에 앉았을 때, 그 사람의 진가가 나온다는 게 맞는 말일지도."

진지한 목소리로 시한이 말을 맺었다.

"지금의 켈테론은 분명 뛰어나다. 그의 협력은 내게 큰 도움이 되고 있어. 그러니 그대들도 편견을 버리고 그를 받아들였으면 해."

우드로우 역시 진지하게 고개를 끄덕였다.

"시한 대장이 그렇게 말한다면 인정할 수 있습니다."

반면 비렛타는 미심쩍은 얼굴이었다.

"하지만 그를 신뢰할 순 있는 건가요? 능력이야 그렇다 치고, 성품이 그리 믿을 만하진 않다고 들었는데……."

겁쟁이는 믿을 수 없다. 칼 쓴 사내들의 오랜 편견이다.

물론 비렛타는 여자였지만, 워낙 오래 칼밥을 먹고 살아서 비슷한 사고방식을 지니고 있었다.

시한은 굳이 저 사고방식의 문제점을 일일이 꼬집지 않았다. 그보다 훨씬 간단하게 납득시킬 방법이 있었으니까.

"폭살기를 심어놨어."

우드로우와 비렛타의 표정이 풀렸다.

"그렇다면 믿을 수 있겠군요."

"그 인간이 제 목숨 위험할 짓은 절대 안 할 테니까요."

이유야 어쨌든, 두 사람도 켈테론을 받아들였다. 고개를 끄덕이면서 시한이 중얼거렸다.

"켈테론을 통하면, 흩어진 옛 동료들과도 다시 연락을 취할 수 있을 거야."

기대 가득한 얼굴로 비렛타가 대꾸했다.

"시한 대장의 소식을 들으면 다들 한달음에 달려올 거예요."

험상궂은 대머리 사내의 얼굴에도 흥분이 떠올랐다.

"드디어 창천기사단이 부활할 때가 왔군요."

자그마치 십 년이란 세월이었다.

자그마치 십 년 만에 재회한 이들이었다.

과거의 진실, 그리고 창천기사단의 몰락 외에도 서로 할 이야기가 많았다.

이런저런 대화를 나누던 중에 성시한은 우드로우에게 전혀 예상치도 못한 다른 신분이 있음을 알게 되었다.

"…우드로우, 당신이 책도 냈다고?"

"아, 그냥 시간 남을 때 소일거리 삼아……."

쑥스러워하며 우드로우가 머리를 긁었다. 자랑스러운 듯 비렛타가 첨언했다.

"상당히 인기가 좋아요. 육왕국 전역에 출간되었을 정도니까. 고료로 조직 활동비깨나 보탰는걸요?"

"딱히 대단한 건 아닙니다. 그냥 시한 대장과 함께 다니던 시절을 좀 써본 것뿐인데요."

정확히는 소설이라기보단 수필에 가까운 물건이랄까? 비렛타가 잠시 자리를 비우더니, 이내 책 몇 권을 들고 왔다.

제목을 본 시한의 표정이 안 좋아졌다.

『추억의 영웅, 성시한 일대기』

"제, 제목이 좀 조야하지 않나?"

창작자의 드높은 자존심을 담아 우드로우가 항변했다.

"무슨 말씀이십니까? 요샌 이렇게 직관적이어야 먹힌다고요."

조금 전까진 그토록 부끄러워하더니 막상 성시한이 불만을 토하자 발끈하는 우드로우였다. 어색해하며 시한은 한발 물러섰다.

"…그런가? 그래도 너무 닭살 돋는데……."

우드로우의 말이 딱히 틀리진 않은 듯했다. 책을 본 제논이 눈을 휘둥그레 떴으니까.

"이럴 수가! 나 이거 전질 다 소장하고 있는데?"

격한 감동에 젖어 제논이 울부짖었다.

"설마 하이어 우드로우께서 베일에 싸인 소설가 아그리어스

였단 말입니까?"

역시 격한 감동에 젖어 우드로우가 답했다.

"혹시 내 졸저를 보셨는가, 하이어 제논?"

"봤다뿐이겠습니까! 페이지가 닳도록 읽었습니다! 정말 탄복했지요. 마치 눈앞에서 보면서 쓴 것 같은 그 생생한 현장감이라니!"

"…그야 실제로 눈앞에서 봤으니 현장감이 생생하셨겠지."

옆에서 성시한이 작게 투덜거렸지만 둘 다 전혀 안 들리는 듯했다.

제논이 주섬주섬 주머니를 뒤지더니 작은 손수건을 하나 꺼냈다.

"사인을 부탁드려도 될까요?"

"허허, 기쁘게 해드리리다!"

험상궂은 대머리 사내와 2미터짜리 거구의 근육질 남자가 예쁘장한 분홍빛 손수건을 가운데 놓고 온화한 미소를 주고받는다.

보고 있자니 영 소화 안 되는 광경이라 시한은 한숨을 내쉬었다.

"…맞아, 제논 저거 원래 저랬지."

고개를 절레절레 저으며 그는 알리타를 돌아보았다. 제논 좀 말려보라고 할 셈이었다.

그런데…….

"저기, 제논 사인 다 하시면 저도 좀…….."

어느새 알리타가 손수건 한 장 고이 들고 제논 뒤에 줄을 서고 있었다.

"알리타, 너도냐?!"

"저, 저도 저 책 전질 다 샀었거든요?"

"엥? 그래? 그런데 그 책 어디 있어? 나는 못 본 거 같은데?"

시한의 질문에 알리타의 눈이 가늘어졌다.

"예전 살던 오두막에 있었으니까요. '모모 씨'와 '모모 씨' 덕분에 책장째 불타 버렸지만요."

싸늘하다.

아끼던 소장본을 잃은 소녀의 시선이 뒤통수로 날아와 꽂힌다.

제논과 성시한이 동시에 고개를 푹 숙였다.

"미, 미안하다."

"나중에 새걸로 사줄게."

사정 모르는 우드로우와 비렛타만 고개를 갸웃거리고 있었다.

"……?"

하여튼, 참 살다 보니 별일도 다 생긴다 싶었다. 시한은 헛웃음을 흘리며 우드로우의 저서 하나를 들었다.

대충 아무렇게나 펼쳐보니 이런 문장이 보였다.

―광제 루스타나드의 수많은 마물 사이에 우뚝 선 채, 이계 구원자는 언제나처럼 위엄 있는 목소리로 외쳤던 것이다.

"선량한 사람들을 괴롭히는 사악한 마물이여, 그 대가를 받을 때가 왔다!"

어쩌 익숙한 대사였다. 그러니까…….

'처음 만났을 때 제논이 이그니스 울프를 상대하면서 뱉은 대사잖아, 이거?'

시한의 눈빛이 매서워졌다. 단숨에 우드로우의 멱살을 붙잡고 허공에서 짤짤 흔든다.

"당신 짓이었냐!"

"캑! 시한 대장, 나 살려… 목 좀……."

*   *   *

새로운 아지트로 옮긴 날의 저녁.

우드로우는 연회를 열었다. 귀한 음식과 술도 아낌없이 풀었다.

그토록 고대하던 그들의 대장, 이계구원자가 돌아온 날이었다. 이런 날 마시지 않으면 대체 언제 마신단 말인가?

동굴 한복판의 큰 공동에 삼십여 명의 전사가 모였다. 모두 살아남은 창천기사단이었다.

한때는 150에 육박했던, 하지만 지금은 반의반도 남지 않은 조촐한 인원.

그럼에도 모두의 표정은 밝았다.

백랑기사단의 습격을 받고도 이들은 사망자를 내지 않았다. 경상을 입은 이는 몇 있지만 죽은 이는 없었다.

시기적절하게 나타난 성시한 덕분이었다.

여전히 그의 무위는 가공했다. 여전히 초월적인, 인지의 상식을 넘어서는 가공할 위력이었다.

그 힘이 자신들을 이끌어줄 것이다.

이제 희망이 생긴 것이다!

테이블에서 일어나 우드로우가 잔을 들었다. 그가 우렁차게 외쳤다.

"시한 대장의 재림을 축하하며!"

옆에서 성시한이 초를 쳤다.

"…저기, 재림이란 단어는 좀 빼자. 나는 귀환한 거지, 재림한 게 아니거든?"

재림이라는 단어만 봐도 이젠 치가 떨리는 시한이었다.

"예? 왜요?"

어리둥절해하는 우드로우를 향해 알리타가 쓴웃음을 보냈다.

"그럴 일이 있어요."

뭐, 단어야 뭘 쓰든 상관없다. 중요한 건 성시한이 돌아왔다는 사실 아닌가?!

"시한 대장의 귀환을 축하하며!"

뒤이어 성시한이 자리에서 일어났다. 좌중을 둘러보며 잠시 감회에 잠긴다.

"모두들……."

어렸던 그를 믿고 따라준 이들이었다. 비할 데 없는 충성을 보여준 소중한 이들이었다.

그들이 다시 눈앞에 있었다.

"…내가 돌아왔다."

떨리는 목소리를 애써 진정시키며 성시한은 외쳤다.

"그대들은 더 이상 설원을 떠도는 망령이 아니다!"

전사들의 눈빛이 이글거렸다. 흥분이 투기가 되어 동굴 속을 맴돌았다.

시한이 주먹을 쥐고 머리 위로 들어 올리며 선언했다.

"창천기사단의 부활이다!"

환호성이 터져 나왔다. 전사들이 검을 두들기고 발로 바닥을 구르며 흥분을 토해냈다.

"와아아아!"

그 광경을 지켜보며 알리타는 속으로 실소했다.

'뭐야? 그 책들 딱히 틀린 것도 아니잖아? 자기는 그런 말 한 적 없다더니…….'

지금 보니 오글거리는 연설을 잘도 내뱉지 않는가? 이래서 분위기란 무서운 것이다.

하지만 내심과 달리 그녀의 표정에서 비웃음은 보이지 않았다.

사람들 앞에 선 이계구원자 성시한, 그를 향한 은회색 눈동자에는 순수한 기쁨만이 은은히 맴돌고 있었다.

*　　　*　　　*

투박한 음식이 차려지고, 술잔이 오가고, 거친 노랫가락이 흘렀다. 다시 대장을 얻은 창천 기사들은 희망에 부풀어 마음껏 먹고 마셨다.

무르익은 연회의 한쪽에서 성시한은 우드로우와 앞으로의 일에 대해 논의하고 있었다.

"창천기사단은 테오란트와 백랑기사단에게 씻을 수 없는 빚이 있지요. 백랑기사단이야 시한 대장이 처리했지만, 아직 테오란트에겐 빚이 남아 있습니다."

살기를 이글거리는 우드로우에게 시한이 물었다.

"현재 테오란트 왕국의 왕위 계승권자는 누구지?"

국왕이 사라지면 왕국이 혼란스러워질 터, 비록 사적인 복수에 불타는 몸이지만 되도록 백성들에 대한 영향은 줄이고 싶은 시한이었다. 그러기 위해선 쓸 만한 후계자를 내세워 훗날을 대비해야 한다.

우드로우가 대답했다.

"테오란트의 장자인 클로드 왕자가 제1왕위 계승권자입니다. 하지만 그 아이는 이제 고작 8살이니, 아마도 서세인 왕비가 대신하겠지요."

"…장남이 8살? 어리네? 젝센가드네 아들내미는 나랑 몇 살 차이 안 나던데."

아인츠 국왕을 언급하는 시한을 향해 우드로우가 슬그머니 웃었다.

"그야, 젝센가드는 제국 시절부터 여기저기 씨를 뿌리고 다녔었잖습니까?"

본능에 충실한 삶을 살았던 타고난 마초 젝센가드와 달리, 젊었을 적의 테오란트는 오직 무(武)만을 추구하는 고지식한 구도자였다. 누구처럼 무책임한 짓은 저지르지 않고 왕이 된 후에야 비로소 가정을 꾸렸다.

그래서 아이들 역시 아직 어렸다. 모두 제국이 무너진 후에

태어난 아이들이니까.

"현재 테오란트의 자식은 아들 둘에 딸 셋입니다. 모두 서세인 왕비의 자식들이지요."

테오란트는 일월성신 앞에 평생 함께하기로 맹세한 아내 외엔 다른 여자는 거들떠보지도 않았다. 일국의 왕답지 않게 후궁은 고사하고 첩 하나 없었다.

시한이 떨떠름한 표정을 지었다.

"…적어도 좋은 아버지에, 좋은 남편이긴 했다는 거군."

세상에 완벽한 악당 따위 없다. 그 어떤 악(惡)도 작은 선(善)을 내재하기 마련이다. 그것이 세상의 이치인 것이다.

혹여 성시한의 마음이 약해질까 봐 우드로우가 잽싸게 첨언했다.

"그렇다고 테오란트의 죄악이 사라지는 건 아니지요! 광제조차도 누군가에겐 좋은 남편, 좋은 아버지였을 겁니다!"

우드로우의 열변에 시한이 슬그머니 알리타에게 귓속말을 했다.

'그랬어?'

'아뇨.'

실로 단호한 대답이었다. 의외로 세상에는 완벽한 악당이 가끔은 있는 것 같았다.

"……?"

투기를 이용해 나눈 귓속말이라 우드로우는 들을 수 없었다. 잠시 의아해했지만 그는 이내 본론으로 돌아왔다.

"테오란트를 쓰러뜨리면, 그 아이들 역시 폐위시켜야겠지요."

"그럼 누가 이 나라를 수습하고?"

"에란트 대공이 있습니다."

"…아, 에란트가 있었지, 참."

테오란트의 친동생인 에란트는 형과 달리 무술적 재능은 없었다. 하지만 숫자에 능하고 행정에 밝아 혁명군 시절부터 후방 보급을 책임지곤 했다. 성시한과 창천기사단 역시 그의 덕을 많이 보았다.

"에란트가 밥을 챙겨주지 않았으면 우리 모두 굶어 죽었을 걸? 그 양반도 참 형 닮아서 고지식했었는데……."

시한은 잠시 과거를 추억했다. 우드로우가 빙그레 웃었다.

"여전히 에란트는 우리 밥을 챙겨주고 있습니다. 형과는 달리 그 고지식함이 변질되지 않았거든요."

테오란트가 국왕이 된 후 에란트 역시 재상이 되어 형을 도왔다. 하지만 두 사람은 혁명군 시절부터 그리 사이좋은 형제는 아니었다. 애당초 고지식한 놈 둘이 만났는데 사이가 좋을 리 없는 것이다.

시간이 지날수록 두 사람은 삐걱대기만 했다.

"특히나 백랑기사단, 드로탄 가문의 잔당이 문제였지요."

에란트는 과거 루스클란 제국의 잔당을 흡수하는 걸 끝까지 반대했다. 과거의 청산을 올바로 하지 않으면 결국 미래에 그 부작용이 돌아온다는 것이 그의 신념이었다.

하지만 테오란트는 받아들이지 않았다.

"고양이 손이라도 빌리고 싶을 정도로 인재가 부족한 판이다! 부작용도 일단은 미래가 있어야 돌아오든 말든 할 것 아니냐? 언제까지 비현실적인 이상만을 주장할 셈인가?"

결국 테오란트의 노여움을 산 에란트는 재상 직에서 쫓겨나 수도의 작은 저택에 유폐되었다고 했다.

"그래도 왕국에 대한 영향력은 남아 있기에 틈틈이 이런저런 지원을 해주고 있었습니다. 저희가 지금껏 살아남을 수 있었던 것도 모두 에란트 덕분이죠."

우드로우의 설명에 시한은 고개를 끄덕였다.

"그렇군……."

확실히 에란트라면 테오란트가 사라진 왕국을 수습할 능력이 있었다. 왕의 친동생이니 대의명분 면에서도 충분하다.

"에란트라면 테오란트의 여식들도 잘 처리하겠지. 어쨌건 자신의 조카니까 험한 짓은 하지 않을 거야."

시한의 말에 우드로우가 의외란 표정을 지었다.

"그 아이들을 살려둘 생각이십니까?"

"그럼? 8살밖에 안 된 애들을 죄다 목 잘라 버리라고?"

황당해하며 시한이 반문했다. 우드로우가 진지한 표정으로 말했다.

"지금은 한낱 아이들이지만, 훗날 장성하면 어떤 후환이 될지 모릅니다."

그 아이들이 아버지의 원수인 성시한에게 결코 좋은 감정을 지니고 있지는 않을 테니까.

성시한은 우드로우의 걱정을 단호하게 일축했다.

"그건 그들의 당연한 권리다."

그는 배신당했다. 그러니 배신자들에게 복수할 권리가 있었다. 테오란트는 그 대가를 치러야 했다.

"마찬가지로, 아버지를 잃은 아이는 아비의 원수에게 복수할 권리가 있다. 나는 그 사실을 부인할 생각은 없어."

일어나지도 않은 일을, 일어날지도 모른다는 예상 때문에 미리 벌할 순 없다. 그것이 바로 성시한과 혁명 6영웅이 틀어진 가장 큰 이유가 아니던가?

지금도 시한은 그 생각을 바꾸지 않았다.

"아이들은 죄가 없다."

"하긴, 시한 대장은 원래 그런 사람이었지요. 그래서 우리가 그토록 따른 것이고."

자신보다도 열 살 가까이 어린 사내를 향해, 우드로우는 존경의 눈빛을 보냈다.

그리고 그 옆에 선 알리타가 자신보다도 열 몇 살이나 많은 사내를 향해 황당하다는 눈빛을 보내고 있었다.

'그런데 시한, 말이야 멋있지만 일 다 끝나면 지구로 날라 버릴 생각 아니었어요?'

어차피 지구로 돌아갈 건데 애들이 복수의 칼을 갈든 말든 뭔 상관이란 말인가?

'쉿! 알리타! 분위기 깨지 마, 좀.'

그녀의 옆구리를 쿡 찌르며 시한이 식은땀을 흘렸다. 그 모습에 알리타가 실소를 흘렸다.

'우와, 알면서 한 소리 맞네요? 뻔뻔해……'

'거 미안하다, 참.'

두 젊은 남녀가 서로를 향해 눈빛을 교환하며 키득거린다. 옆에서 말없이 술잔을 기울이던 비렛타가 묘한 시선을 보냈다.

'어머? 저 두 사람……?'

비렛타가 슬그머니 알리타의 곁으로 가 앉았다.

"아가씨, 이름이 뭐예요?"

"…알리타 렐칸인데요."

"시한 대장과는 어떻게 만난 거예요?"

"아, 그게 저……"

알리타는 당황했다. 루스클란의 후예라서 만났다는 사실을 오늘 처음 본 비렛타에게 알릴 순 없다. 아무리 그녀가 시한의 충실한 부하라지만 말이지.

그래서 대충 말끝을 흐렸다.

"그냥 어쩌다 보니 그의 정체를 알게 돼서 같이 다니고 있어요."

"아, 그렇군요."

하지만 비렛타는 질문을 멈추지 않았다. 계속 살가운 태도로 이런저런 것들을 묻는다. 특히 시한과 관련된 질문이 대부분이었다.

사실 비렛타는 내심 감동하고 있었다.

'우와, 시한 대장이 웬일로 이런 멀쩡한 여자애를 데리고 왔대? 대체 어떤 아이이기에?'

그리고 알리타는 내심 경계하고 있었다.

'…이 친절하고 유쾌한 언니가 언제 칼을 들어서 날 쑤실지 몰라!'

멀리서 보고 있자니, 계속 들이대는 강아지와 잔뜩 경계하는 새끼 고양이가 연상되는 광경이었다.

'쟤, 여전히 인생 피곤하게 사네.'

시한은 피식거렸다. 혹여 알리타의 정체가 드러날 경우가 걱정되긴 했지만……

'뭐, 알리타라면 잘 둘러대겠지.'

시끌벅적한 연회를 지켜보며 성시한은 술잔을 기울였다.

싸구려 독주를 목구멍으로 넘긴 뒤 나직하게 중얼거린다.

"맛있군."

십 년 만에 다시 만난 소중한 부하들과 마시는 술이었다. 그리고 예전과 달리 이제 술맛을 알 나이도 되었다.

술맛은 혀로 느끼는 것이 아니었다.

모든 부하들과 재회하진 못했다. 테오란트에 의해 죽은 이들을 생각하면 역시 가슴이 아프다.

과거의 슬픔, 재회의 기쁨, 현실의 분노, 상실의 아픔.

그 모든 것들이 뒤섞여 한잔의 술이 되어 입안에 맴돈다.

시한은 감회에 젖어 한 번 더 중얼거렸다.

"응, 맛있어."

Chapter 4

버벌트 협곡

북부 삼림 지대 그왈로드로 떠난 테오란트 왕국의 척후대는 닷새 후 다시 왕도 글레이시어로 귀환했다. 그리고 국왕에게 보고를 올렸다.

　"백랑기사단의 전멸을 확인했습니다, 폐하."

　강철 왕좌 옆에 선 하이어 말루프의 안색이 딱딱하게 굳었다.

　"폐하의 예감이 맞아떨어졌군요. 이해할 수가 없군, 도대체 그들이 무슨 수로……."

　"확인해 보면 알 일이다."

심각한 얼굴로 테오란트가 명령을 내렸다.

"백경기사단을 준비시켜라, 말루프. 이번엔 짐이 직접 나서겠다."

"예, 폐하."

테오란트는 왕좌를 박차고 일어났다. 분노를 담은 투기가 국왕의 전신으로부터 흘러나왔다. 그의 두 눈이 불꽃처럼 이글거렸다.

"이번에야말로 과거의 망령들을 확실하게 짐의 왕국에서 쓸어버릴 것이다."

그들은 화합을 깨는 존재였다. 틀림없는 국왕, 테오란트의 적이었다.

국왕의 적은 곧 국가의 적이고, 백성의 적이며, 미래의 적이다.

"이 나라의 미래를 지켜야 한다. 그것이 국왕인 짐이 지켜야 할 도리일 터!"

하이어 말루프가 난처한 듯 물었다.

"하지만 폐하, 그들은 실로 신출귀몰합니다. 이번에도 겨우 꼬리를 잡았는데, 다시 위치를 파악할 수 있을지……."

"그대가 그 걱정을 할 필요는 없다, 말루프."

테오란트는 손을 내저었다.

"마기언 오거스트라면 충분히 처리할 것이니."

       *   *   *

청색 상아탑 출신의 테오란트 왕국 마법병단장, 오거스트는 올해로 쉰이 되는 젊은 나이였다.

쉰이란 나이가 뭐가 젊겠냐 싶겠지만, 제8층의 마법을 구사하는 마기언들은 대부분 70이 넘은 노인이었다. 그 속에서 쉰살에 벌써 8층에 입문했다는 것은 실로 놀라운 재능인 것이다.

"…정작 플로어 마스터는 두 분 다 아직 삼십 대이지만 말이지."

테라노어의 마학계를 양분하는 두 천재, 릴스타인과 사파란을 떠올리며 오거스트는 씁쓸한 미소를 지었다.

그도 한때는 자신이 천재인 줄 알았다. 테라노어의 마학사에 길이 남을 훌륭한 업적을 남길 수 있으리라 믿었던 적도 있었다.

하지만 이젠 세상을 안다.

"천재가 아닌 자는, 천재의 그늘에서 살아갈 수밖에 없지."

쉰 살의 중년 마기언은 손에 쥔 흑색 가루를 보며 한숨을 쉬었다. 이 마법 촉매를 몇 번이나 사용했음에도 그는 이 가루의 비밀을 조금도 알아내지 못했다.

'릴스타인 님은 대체 무슨 수를 쓴 걸까?'

가루에 마력을 불어넣으며 오거스트가 마법 주문을 영창하기 시작했다.

"뜻을 꺾으라, 의지를 부수라. 이는 복종의 언약, 강제하는 지배의 힘이니……."

오거스트의 발치에는 봉두난발의 더러운 사내가 쇠사슬에 묶여 있었다. 이곳은 왕궁 서쪽의 회색 탑, 테오란트 왕국의 중죄인을 가두는 감옥인 것이다.

죄수 사내가 오거스트를 노려보며 이를 갈았다.

"크윽! 어림없다! 내가 동지들을 배신할 것 같으냐!"

한때 설원의 망령 도적단에 속해 있던 눈앞의 사내를 보며 오거스트는 비웃음을 흘렸다.

"네 녀석은 이미 배신했다."

"무, 무슨?"

당황한 사내를 향해 오거스트가 자백 마법을 걸었다.

"콘페션!"

순식간에 사내의 눈빛이 몽롱해지며 흥분 대신 무표정이 얼굴을 가득 채웠다.

희미한 신음을 흘리는 죄수 사내를 향해 질문을 던진다.

"그왈로드 외에 설원의 망령이 마련한 또 다른 은신처가 있느냐?"

"예, 있습니다."

"그중에서 그왈로드의 아지트가 발각되었을 때 그들이 숨을 가능성이 가장 높은 아지트는 어디지?"

"그곳은……."

조금 전의 근성과 패기가 거짓말인 것처럼 죄수 사내는 모든 것을 순순히 불었다. 아지트의 위치며, 가는 길, 그 와중에 설원의 망령이 마련한 각종 함정까지 죄다!

평범한 자백 마법으론 결코 불가능한 일이었다.

넋 나간 죄수를 내려다보며 오거스트는 새삼 릴스타인의 위대함을 느꼈다.

'정말 놀랍단 말이야. 대체 어떻게 이런 게 가능하지?'

이윽고 죄수 사내가 모든 질문에 답을 했다. 그리고 피를 토하며 쓰러졌다.

아마 다시 깨어나면 자신이 무슨 짓을 했는지 전혀 기억하지 못한 채, 강인한 정신력으로 심문에 저항하겠다며 의지를 불태우겠지.

"바보 같은 놈."

오거스트는 비웃으며 감옥을 빠져나왔다.

원하던 정보를 얻었으니 당연히 테오란트 국왕에게 보고하는 것이 순서일 것이다. 그는 테오란트에게 충성을 맹세한 왕실 마법병단장이었으니까.

그러나 오거스트는 그리하지 않았다.

그에겐 먼저 연락해야 할 이가 있었다.

'어서 이 임상 실험 자료를 릴스타인 님께 보내야겠군.'

*　　　　*　　　　*

라텐베르크 왕국 수도 라텐셀.

왕궁 한쪽에 위치한 정보부에 수십 마리의 부엉이가 날아들고 있었다. 저마다 발목에 작은 쪽지를 달고 있는, 마기언이 패밀리어 마법으로 지배한 전서조들이었다.

수십 명의 관리가 그 쪽지들을 서류와 비교하며 진위를 파악한다. 그리고 그 절차가 끝나면 전부 상부에 올린다.

올라온 보고들을 훑어보며 염소수염의 중년 사내가 인상을 썼다.

"이거, 일이 골치 아프게 됐네."

재상의 자리에 오른 뒤 예전에 맡았던 업무 대부분을 휘하에 양도한 켈테론이었다. 하지만 정보부 업무만큼은 결코 놓지 않았다. 그는 정보란 것이 얼마나 강력한 힘을 지녔는지 잘 이해하고 있었다.

대륙 각지에 퍼진 밀정들로부터 다양한 정보를 입수한 뒤 면밀하게 검토해 켈테론은 결과를 도출했다. 그리고 자리에서 일어났다.

'시한 님께 보고해야겠군.'

재상실 옆에는 출입이 금지된 작은 방이 하나 있었다. 켈테론이 일월성신께 기도를 올리는 성소였다.

신앙심 따윈 전혀 없어 보이고, 실제로도 신앙심 따윈 거의 없다.

하지만 그것과는 별개로, 그는 어지간한 프린 이상으로 일월성신에게 진심 어린 기도를 많이 올리곤 했다.

살려달라고.

죽을 위기에 처할 때마다 아무 생각 없이 '살려 줍쇼, 해님, 달님, 별님!'을 외쳤으니 횟수야 참 많았지.

혁명군 시절 그런 광경을 지켜본 이가 한둘이 아니었다. 그래서 켈테론이 재상실 옆에 기도용 성소를 설치할 때 딱히 의아하게 여기는 이도 없었다.

물론, 이 성소가 실제로 일월성신께 기도를 올리는 곳은 아니었다.

성소로 들어가 문을 잠근 뒤 켈테론은 선반에서 상자 하나를 꺼냈다. 파란 수정과 빨간 수정이 가득 들어 있는 상자였다.

그중 파란 수정을 들어 비치된 망치로 깨부순다. 와장창 소리와 함께 아무것도 없던 바닥이 희미한 빛을 발하며 복잡한 문양을 그렸다.

성시한이 설치한 '일방통행용 전언 마법진'이었다.

수정을 깨뜨린 켈테론이 같은 형태의 빨간 수정을 유심히 살폈다.

'…된 건가?'

잠시 후 붉은 수정이 검게 물들며 빛을 잃었다. 성시한이 그를 마법으로 살피고 있다는 신호였다.

'됐군.'

옷매무새를 가다듬은 뒤 아무도 없는 허공에 대고 켈테론이 진지하게 입을 열었다.

"보고 올리겠습니다, 시한 님."

켈테론이 우선적으로 보고한 것은, 설원의 망령이라 칭하는 테오란트 왕국의 도적단이 예전의 창천기사단임이 확인되었다는 사실이었다.

"아직 자세한 구성원에 대해선 알아내지 못했습니다만, 우드로우 부단장이 그들을 이끌고 있는 듯합니다. 인상착의나 소문에 의하면 가장 가능성이 높습니다."

그리고 몇몇 서류를 허공에 펼친다. 예상한 현 창천기사단의 인원수나 전력에 대한 서류였다.

"설원의 망령에게 습격당한 테오란트 왕국 상단의 피해 규모, 그들의 발자국과 숙영 흔적, 왕국 곳곳에 위치한 창천기사단의 부하들이 출몰하는 빈도를 통해 어느 정도 근사치를 뽑을 수 있었습니다."

켈테론이 상정한 창천기사단의 현 병력은 소드하이어가 30에서 40명, 그들의 외부 활동을 위한 휘하 조직원이 200여 명 정도였다. 그리고 놀랍게도 이는 거의 사실과 근접한 수치였다.

"그리고 지금부터 보고드릴 게 좀 문제인데······."

잠시 말미를 흐리며 켈테론이 다른 서류를 꺼내 들었다.

"테오란트 왕국에서 창천기사단을 노리고 있는 듯합니다."

사흘 전, 테오란트 왕국에서 국왕이 친히 군사를 움직인다는 사실이 공표되었다. 자세한 내막은 군사기밀이라 알려지지 않았지만 켈테론은 그 목표를 짐작할 수 있었다.

"파악된 병력의 규모는 테오란트 본인과 백경기사단장 하이어 말루프, 국왕의 제자인 사미드와 백경기사단 60기입니다. 또한 마법병단 10기에 북부 전사들로 이루어진 궁병대와 보병대 1,000명이 준비 중입니다."

이 정도면 타국과 전쟁을 벌여도 충분할 만큼 강력한 전력이었다.

한국인 입장에서야 옆에 워낙 스케일이 큰 나라가 붙어 있는 바람에 10만 대군, 100만 대군이 흔하게 느껴지겠지만 사실 정예병 1만이면 일국을 멸망시키는 데는 충분하다.

게다가 소드하이어와 마기언이라는 초인적인 전투 전문가가 따로 존재하는 테라노어는 더더욱 그렇다.

"현재 테오란트 왕국에선 저 정도로 큰 전투를 벌일 일이 없습니다. 북해의 마수를 백경기사단이 처리한 지 얼마 되지 않았으니까요. 게다가 백랑기사단의 전멸 직후 공표된 일이니, 목표를 짐작하는 건 그리 어렵지 않았습니다."

또한 켈테론은 테오란트 왕국군이 창천기사단의 은신처 역시 파악했다고 짐작하고 있었다.

"보급에 필요한 식량과 물품들의 준비 상태를 보면 테오란트 왕국군의 행군 범위는 왕도 글레이시어에서 5일 거리 안팎입니다. 상대의 은신처를 찾아야 하는 입장이라면 이렇게 보급이 적을 리 없습니다."

숨을 고른 뒤 켈테론이 말을 이었다.

"그 범위 내에 현재 창천기사단의 은신처가 위치한 것으로 짐작됩니다. 은신에 유리한 지형을 고려하면 버벌트 협곡, 파라만 수림, 라필 빙호 정도를 후보지로 꼽을 수 있습니다."

그는 바로 상세한 정보가 적힌 서류들을 허공에 열심히 펼치고 접고 다시 펼쳤다. 성시한이 눈으로도 확인할 수 있게 하기 위해서였다.

그러다 문득 속으로 헛웃음을 흘린다.

'이거 모르는 사람이 보면 미친놈인 줄 알겠네.'

아무도 없는 방에 처박혀 허공에 떠들어대고 이상한 짓거리를 해댄다. 딱 봐도 미친 것 같지 않은가?

하지만 세상엔 의외로 저런 행위가 전혀 어색하지 않은 경우가 있다.

바로 신에게 올리는 기도가 저런 식이다.

'그래서 굳이 성소로 위장한 거지만.'

보고를 마친 뒤 켈테론은 정중히 고개를 숙였다.

"시간이 시급하니 어서 그들을 찾아야 할 것으로 사료됩니다."

＊　　　　＊　　　　＊

성시한은 피식 웃었다.

"찾아가고 자시고 할 것도 없어. 이미 같이 있는데, 뭘."

우드로우와 비렛타, 제논과 알리타도 함께 수경을 바라보고 있는 것이다.

하지만 이쪽에서 연락을 받을 순 있어도, 저쪽에 연락을 줄 수는 없는 일방통행 전언마법진이다 보니 켈테론에게 알려줄 방법이 없다.

"그럼 시한 님, 무운을!"

보고가 끝나자 수경에 비친 켈테론의 형상이 흐려지기 시작했다. 다시 평범한 물그릇이 된 수경에서 시선을 돌리며 우드로우가 부르르 떨었다.

"맙소사, 어떻게 저렇게 잘 알고 있는 거지?"

켈테론이 파악한 창천기사단의 규모며 아지트의 위치는 거의 틀리지 않았다.

까마득히 먼 라텐베르크 왕국 수도에 틀어박힌 인간이 자신들의 일거수일투족을 다 파악하고 있다니? 우드로우 입장에선 소름이 끼칠 지경이었다.

성시한이 어깨를 으쓱였다.

"말했잖아? 저 친구 유능하다고."

"정말 그렇군요. 이거 인정하지 않을 수 없겠는데……"

수경을 치운 뒤 다섯 사람은 테이블에 둥글게 모여 앉았다. 테오란트 왕국군에 대한 대책을 마련해야 했다.

일단 시간은 충분했다. 충분히 몸을 빼 다른 곳으로 이동할 여유가 있었다.

"당장 은신처를 옮기죠."

의견을 내며 비렛타가 안도의 한숨을 내쉬었다.

"협곡에 포위된 후엔 도망도 못 가요. 정말 켈테론 그 인간이 아니었다면 아무것도 모른 채 끝장날 뻔했네?"

"예전이었다면 나도 그 의견에 찬성하겠지만, 비렛타."

우드로우가 성시한을 바라보며 차갑게 웃었다.

"지금은 상황이 다르지 않나? 우린 더 이상 설원의 망령이 아니야."

성시한은 잠시 켈테론의 정보를 되새겨 보았다.

"일단 일반 병사들은 빼고. 저쪽 소드하이어와 마기언 전력이 어떻게 되지, 우드로우?"

"하이어 말루프가 초인급 초입, 하이어 사미드와 라펠이 달인급의 벽에 도달한 걸로 알려져 있습니다."

하이어 라펠은 왕도 글레이시어에 남아 있을 테니, 테오란트를 제외하고도 초인급이 하나에 달인급이 하나란 소리다.

그 외에 백경기사단원 중 기사급이 30에 투사급 30, 그리고 마법병단이 상아탑 4, 5층 수준이라고 했다.

"생각보다 마법병단의 수준이 낮군?"

시한의 의문에 비렛타가 어깨를 으쓱였다.

"아무래도 릴스타인 왕국이나 사파란 왕국만은 못하죠. 거긴 플로어 마스터가 곧 국왕이니."

그래도 테오란트 왕국이 젝센가드 왕국보단 나은 편이었다.

젝센가드 왕국 같은 경우엔 아예 마법병단이 따로 없고, 관리직으로 일하는 3, 4층 수준의 마기언 정도만 왕실에 고용한 상태였다. 고위 마기언의 힘이 필요할 땐 직접 청색 상아탑의 힘을 빌렸다. 일종의 외주 형태였달까?

"그리고 테오란트는……."

우드로우가 말을 흐렸다.

"역시 무신급인가?"

"저는 그렇게 짐작하고 있습니다."

"켈테론만 아는 사실이 아니었군."

태양이 얼마나 높이 떠올랐는지 알기 위해 꼭 하늘을 올려다볼 필요는 없다. 땅을 내려다보고 그림자를 살펴도 된다.

테오란트는 그동안 초인급 이상의 힘을 보인 적이 없었지만, 테라노어에선 팔로스 왕국의 반응을 통해 그의 경지를 간접적으로 예측하고 있었다.

문득 알리타가 의문을 표했다.

"그럼 테오란트 왕국은, 국왕을 제외하고도 초인급 소드하이어가 1명에 달인급이 6명이나 있었다는 거예요?"

시한 손에 죽긴 했지만 백랑기사단에도 세 명의 달인급 소드하이어가 있었다.

"굉장히 많네요? 흑사자 기사단은 달인급이 하이어 버클리 한 명뿐이었는데."

심지어 젝센가드 외엔 초인급 자체가 전무했다. 얼핏 보면 상당히 전력 차이가 심한 것이다. 그런데 왜 두 나라가 동급으로 취급받는지 모르겠다.

우드로우가 그 이유를 설명했다.

"대신 흑사자 기사단은 전원이 경지에 오른 기사급 소드하이어이지 않았는가, 하이어 알리타?"

반면 백경기사단이나 백랑기사단은 투사급의 벽에 머무르는 이들도 일원으로 받았다. 그러니 흑사자 기사단 자체의 전력은 또 낮지 않았던 것이다.

"그리고 은퇴하거나 지방 영주로 지내는 혁명군 출신 달인급 소드하이어들도 꽤 있지."

국왕의 수족처럼 움직이지 않을 뿐, 국가 간 전쟁이 일어나면 저들 역시 검을 들고 전장으로 나올 것이다. 국가 단위의 병력으로 보면 크게 차이가 나지 않는다.

설명을 듣던 성시한이 고개를 끄덕였다.

"왜 백경기사단이나 백랑기사단에 투사급이 끼어 있나 했더니, 흑사자 기사단이 오히려 보편적이지 않은 거였군."

어느 정도 수준이 되면 투사급도 기사로 대접해 주는 건 제국 시절부터 내려온 전통이었다. 하지만 그래도 이름 있는 기사단쯤 되면 어림없는 소리였다.

제논이 말했다.

"워낙 혁명전쟁 시절 많은 이들이 죽은 탓도 있지요."

지금은 다음 세대가 자라나는 과도기인 것이다.

실제로 제논이 속한 릴스타인 왕실 기사단도 투사급이 제법 있었다. 곧 기사급이 될 것이라 촉망되는 인재라면 기사단원으로 인정하는 게 요즘 분위기였다.

성시한은 헛웃음을 흘렸다.

"내 나이에 다음 세대를 운운하니 뭔가 웃기네."

하여튼, 소드하이어의 전력만을 상정하니 창천기사단이 크게 불리할 것이 없었다.

성시한이야 열외로 치더라도, 달인급인 제논과 기사급이긴 하지만 강력한 마법을 구사하는 게 가능한 알리타가 합류했다. 그리고 살아남은 창천기사단원들은 혁명전쟁 시절부터 싸워온, 전원이 경험 많은 기사급 소드하이어다.

"의외로 상위 전력은 엇비슷한가?"

성시한의 혼잣말에 우드로우가 진중한 어조로 말했다.

"물론 저쪽은 투사급 30에 일반 병력이 천여 명, 마기언들도 있으니 여전히 이쪽이 많이 불리하긴 합니다. 하지만 우린 상대의 전력을 알고 있고, 대비할 수도 있지요."

무엇보다도, 그냥 포기하고 도망가기엔 너무도 매력적인 상황이었다.

"실로 하늘이 주신 기회입니다, 시한 대장."

우드로우가 살기를 띠며 으르렁거렸다.

"테오란트, 그 악적이 제 발로 왕궁을 기어 나오는 일이 앞으로 몇 번이나 더 있겠습니까?"

테라노어 북부 전사들에겐 일종의 성인식에 해당하는 살벌한 전통이 있었다.

바로 조각배 한 척에 작살 하나만을 들고 혹독한 북해로 나가 홀로 고래 사냥에 성공하는 것.

성인식을 치를 아이 혼자서 고래를 잡아오라니, 말도 안 되는 소리다. 투기라는 초월적인 힘이 있는 테라노어에서도 결코 쉬운 일이 아니다.

이 의식에 성공해야만 북부에선 전사로 인정받았다. 북부 전사들이 그토록 명성이 높은 이유가 이것이었다.

하이어 말루프 역시 저 의식을 통과한 적이 있었다. 당시를 떠올리며 그는 희미하게 웃었다.

'좋은 시절이었지.'

18살이란 어린 나이에 그는 무려 9미터나 되는 거대한 고래를 홀로 사냥해 부족원 전원의 인정을 받았다. 드넓은 북부에서도 보기 드문 쾌거였다.

아쉽게도 최고 기록은 아니었지만.

하이어 말루프는 북부 역사상 가장 강렬한 성인식을 치른 이, 12미터에 달하는 고래를 홀로 사냥했던 자신의 주군을 바라보았다.

혁명 영웅이자 북해의 패자, 뇌화의 테오란트.

그는 커다란 흑마 위에 올라탄 채 위엄 있는 모습으로 병사들을 이끌고 있었다.

"전원, 출진!"

강력한 북부 전사들 중에서도 최강자들만 모인 백경기사단이 절도 있는 모습으로 그 뒤를 따랐다. 말루프는 진지한 표정을 지었다.

'창천기사단이 무슨 수를 썼는지는 모르겠지만, 우리를 백랑기사단 따위와 비교하면 큰 코 다칠 것이다.'

더러운 제국의 앞잡이였던 백랑기사단이다. 말루프라고 딱히 그들을 좋아하거나 하진 않았다. 그저 필요악임을 인정하고 사무적으로 대했을 뿐.

당연히 그들을 인정하지도 않았다. 솔직히 말하면, 그들의 전멸이 확인되었을 때 쾌소가 나오는 걸 참기 위해 애써야 했다.

'들개처럼 떼 지어 물어뜯는 놈들 따위와 백경기사단이 같은 지위라는 것부터가 어처구니없는 일이지.'

문득 말루프는 아쉬워하는 표정을 지었다.

'처음부터 백랑기사단 따위 받아들이지 않았다면 좋았을 텐데.'

그랬다면 백경기사단은 창천기사단과 함께, 왕국의 양대 기사단으로 선의의 경쟁을 할 수 있었을 것이다. 인정할 수 있는 라이벌의 존재란 때론 친구보다도 소중한 법이니까.

그러나 창천기사단은 계속 백랑기사단과 충돌했다. 그것만 이라면 상황이 이렇게 되지 않았겠지만 그들은 국왕에 대한 근거 없는 추문까지 흘렸다.

결국 테오란트의 분노를 샀고, 창천기사단은 몰락했다.

'하이어 우드로우는 왜 그런 어리석은 생각에 사로잡혔을 까?'

그 누구보다 굳건했던 혁명 7영웅이었다. 말루프는 그들의 우정과 신뢰를 옆에서 봐왔다.

그런 그들이 이계구원자를 배신하다니, 있을 수 없는 일이 아닌가?

"쯧쯧."

말루프는 혀를 찼다. 결국 그는 과거의 적이 전멸당한 것을 복수하기 위해 과거의 동료들을 베어야 하는 입장이 되었다.

잠시 흔들렸지만 말루프는 이내 마음을 굳혔다.

과거야 어찌 되었건 지금의 창천기사단은 틀림없는 국왕의 적이었다. 그리고 자신은 테오란트에게 충성을 맹세한 기사였 다.

'그래, 이것은 기사의 의무다.'

각오를 다지며 하이어 말루프는 말을 몰았다.

그 뒤로 60기의 백경기사단과 10기의 마기언, 그리고 천여 명의 병력이 왕도 글레이시어를 빠져나와 행군을 시작했다.

　　　　*　　　　*　　　　*

　현재 남은 창천기사단의 숫자는 서른 명 남짓. 하지만 설원
의 망령 도적단의 구성원 자체는 그보다 더 많았다.

　도적단으로 활동하며 저들은 각자 테오란트 왕국 각지에
자신의 일반인 수하를 부리고 있었다. 전투에 직접 나서는 것
이 아니라 여러 잡무를 담당한 인원으로, 성시한이 만난 니셔
나 플레도 그 부류에 속했다.

　우드로우가 말했다.

　"켈테론이 짐작한 대로 일반 조직원까지 모두 동원하면
180명 정도는 됩니다. 하지만 지금 그들을 전부 이곳으로 모
으기엔 시간이 촉박하지요."

　정보 전달이 느린 테라노어였다. 왕국 각지에 흩어진 수하
들과 연락을 취하는 것만으로도 며칠이 훌쩍 지나간다.

　"게다가 모은다고 해도 과연 전력에 도움이 될지는……."

　성시한이 단호하게 말했다.

　"절대 안 되겠지."

　설원의 망령 일반 조직원은 창천기사단 시절과는 무관한
이들이었다.

　숨어 사는 도중에 인연이 닿아 휘하로 거둔 이들로 대부분

뒷골목이나 도둑 출신이다. 군대 경험이 없는 이들을 강제로 한 자리에 모아봤자 오합지졸에 불과하다.

"결국 우리들과 서른 명 남짓한 창천기사단만으로 테오란트의 군대를 상대해야 한다는 건데……"

중얼거리던 알리타가 문득 의아해했다.

"그런데 저쪽의 전력이 너무 과하지 않나요? 혹시 테오란트측은 현재의 창천기사단 전력을 모르는 건가요?"

현재 창천기사단의 전력은 달인급이 하나에 기사급 삼십 남짓, 일반 병력은 있지도 않다.

그런 창천기사단을 상대하기 위해 테오란트가 직접 나서고, 초인급 소드하이어와 60기의 백경기사단과 마기언들, 추가로 천여 명의 병력까지 끌고 오다니?

"테오란트 입장에선 그냥 백경기사단 일부만 보내도 충분하다고 여길 법한데요?"

비렛타가 그 이유를 설명했다.

"그래서 처음에는 백랑기사단만을 출격시켰잖아요, 알리타. 그리고 그들은 전멸했죠."

테오란트의 저 태도는 결코 과민 반응이 아니다.

백랑기사단이 전멸한 시점에서, 현재 '설원의 망령'은 달인급 3명에 기사급과 투사급 100여명으로 이루어진 강력한 기사단을 몰살시킬 능력이 있음을 증명해 버린 것이다.

성시한도 어깨를 으쓱거렸다.

"그러니까, 나 때문이라는 거지."

"테오란트 입장에선 충분히 신중하게 움직인 셈이죠."

말을 이으며 비렛타는 지도를 살펴보았다.

"역시 버벌트 협곡 안쪽에서 싸우는 수밖에 없겠네요."

일반 병사들이 대열을 갖추면 아무리 소드하이어라도 상대하기 쉽지 않다. 군대와 전술의 힘은 분명 강력하다.

하지만 그 힘이 제대로 발휘되려면 어느 정도의 공간이 필요한 법이다. 대열을 갖추고 전술을 펼쳐 대규모로 움직일 공간이.

가파른 절벽과 쪼개진 대지로 이루어진 버벌트 협곡은 산양도 건너기 힘든 험지 중의 험지였다. 이런 지형은 일반 병사 입장에선 정해진 길 외엔 갈 수 없는 거대한 미로나 마찬가지다.

하지만 소드하이어의 신체 능력이라면 얼마든지 저 거대한 미로의 벽을 넘을 수 있다. 행동반경과 운신의 영역이 압도적으로 차이가 나는 것이다.

"지형이 험할수록 병력의 숫자보다 개인의 무력이 중시되니까요."

비렛타의 말에 우드로우도 한마디 보탰다.

"더구나 협곡 밖에서 싸우면 백경기사단의 기동력을 도저히 따라갈 수 없습니다."

현재 창천기사단엔 짐말 몇 필 외엔 전마가 없다. 실력이야 비슷하겠지만, 말을 탄 백경기사단과 들판에서 맞붙으면 승산은 제로다.

뭔가 궁리하던 알리타가 한마디 꺼냈다.

"시한이 투기진으로 어떻게 해보는 건 안 될까요?"

백랑기사단을 전멸시킨 그 강력한 힘이라면 백경기사단에게도 충분히 통할 것이다.

성시한이 고개를 저었다.

"안 돼, 나는 테오란트 전담이야."

성시한이 자유롭게 움직인다면, 테오란트도 자유롭게 움직인다.

서로가 서로의 부하를 베며 종국에 단둘만 남을 작정이 아니라면 택할 수 없는 선택지다.

"평야에서 맞붙는 거라면 몰라도 이건 게릴라전이잖아?"

시한 말대로, 수적으로 불리한 창천기사단은 협곡의 지형을 이용해 각개격파를 노릴 수밖에 없었다. 성시한이 저들 모두를 처리해 주길 마냥 바랄 수 없는 형국이었다.

"상황이 웃기게 됐네."

지도를 보며 시한은 헛웃음을 흘렸다.

"적들은 협곡을 포위하고 몰아붙이려 하는데, 전투에서 승리하려면 협곡에 포위당한 채여야 한다니."

우드로우가 빙그레 웃었다.

"아무것도 몰랐다면 기습당할 뿐이겠지만, 다행히 대비할 여유가 있잖습니까?"

비렛타도 말을 덧붙였다.

"아마 테오란트가 데려온 천여 명의 일반병은 협곡 요충지에 자리 잡고 포위망의 구축에만 힘쓸 거예요."

투기를 다루는 소드하이어라고 맨살에 칼 안 들어가는 건 아니다. 좀 덜 들어가긴 하겠지만.

평지라면 대열을 짤 수 있고, 대열을 짜고 있으면 설사 일개 병사라도 소드하이어를 상대할 수 있다.

"일반병으로 포위망을 구축한 뒤 마법병단으로 보조해 전열을 굳히겠죠. 실제로 협곡에 진입하는 병력은 소드하이어에 한정될 거예요."

비렛타는 면밀하게 상대의 움직임을 예측했다. 그리고 그것은 실제로 테오란트가 구상한 전략에서 크게 벗어나지 않았다.

수적으로 유리한 입장에서 당연히 선택해야 할, 상대에게 노출되어도 딱히 문제가 없는 왕도적인 전략이니까.

실제로 성시한이 없었다면 미리 정보를 입수했어도 협곡을 버리고 도망가는 것 외엔 아무런 수가 없었을 것이다.

"좋아, 요약하자면 이런 식인가?"

지도를 살피며 시한은 중얼거렸다.

"휘젓고, 분산시키고, 전력을 나눈 뒤 각개격파. 문제는 하이어 말루프와 테오란트의 제자인 사미드로군."

성시한이 테오란트를 처리할 동안 저 강력한 소드하이어들은 창천기사단이 고스란히 감당해야 한다.

시한이 빙그레 웃었다.

"예전의 나였다면, 그냥 나 혼자서 순서대로 착착 처리하겠다고 우겼겠지?"

우드로우 역시 비슷한 미소를 지었다.

"그리고 저는, 그러는 동안 테오란트 혼자서 우리들을 착착 처리하게 될 거라고 대답했겠지요."

옛 추억을 떠올리며 두 사람은 잠시 아련한 표정을 지었다.

다시 표정을 굳히며 우드로우가 말했다.

"저와 비렛타가 하이어 말루프를 맡겠습니다."

제논과 알리타도 눈빛을 주고받았다. 제논이 가슴을 두드렸다.

"하이어 사미드는 저희 둘이 맡도록 하지요."

과거 혁명군 시절, 우드로우와 말루프는 크게 실력 차이가 나지 않았다. 둘 다 비슷한 달인급 소드하이어의 경지에 머무르고 있었다.

하지만 우드로우는 따르던 대장을 잃고 숨어 살아야 하는 처지가 되었고, 말루프는 꾸준히 테오란트 밑에서 실력을 연마해 왔다.

덕분에 우드로우는 여태 달인급의 벽을 넘지 못하고 정체되어 있었던 반면, 말루프는 벽을 넘고 초인급 소드하이어의 경지에 들어섰다.

일대일 대결이라면 우드로우에게 승산은 거의 없었다.

"그래도 저는 말루프의 검술이나 투기술에 대해 잘 알고 있습니다. 비렛타의 도움을 받으면 충분히 상대할 만할 겁니다."

상대를 꼭 쓰러뜨릴 필요는 없다. 중요한 건 성시한이 테오란트를 처리할 때까지 버티는 것이다.

비렛타가 생긋 웃었다.

"버티고, 살아남기만 하면 이쪽의 승리죠."

물론 이는 성시한이 반드시 테오란트를 이길 것이란 전제하의 이야기다.

정말 테오란트가 무신급이라면 승리에 대한 확신 따윈 가질 수 없겠지만…….

"만약 시한 대장이 패한다면, 저도 더 이상 목숨 따위 미련 없어요."

"거참, 부담스럽네……."

머쓱해하며 시한은 제논과 알리타 쪽을 바라보았다.

두 사람이 상대해야 할 테오란트의 제자, 하이어 사미드는 성시한이 잘 모르는 이였다. 듣자 하니 혁명전쟁 시절엔 평범한 젊은이였는데 9년 전 테오란트의 눈에 들어 제자가 되었다고 한다.

"고작 스무 살짜리 젊은이가 9년 만에 달인급의 벽에 다다를 정도로 성장했습니다. 실로 엄청난 재능이지요."

우드로우의 찬사에 시한도 고개를 끄덕였다.

"그러게? 나랑 동갑인데 대단하네."

"…시한 대장이 그렇게 말하면 어째 폄하하는 것 같잖습니까?"

하여튼, 같은 달인급이라도 사미드와 달리 제논은 이제 달인급의 초입이었다. 투기술 수준 면에선 꽤 격차가 있다.

"하지만 실제로 붙으면 또 이야기가 다를걸?"

시한은 제논을 향해 신뢰 가득한 눈빛을 보냈다.

제논은 평범한 달인급 소드하이어가 아니다.

'무식한' 육체와 '우아한' 감각과 '무식하게 우아한' 검술을 지닌, 실로 상식에서 벗어난 재능의 소유자.

우드로우도 납득하는 표정이었다.

"하긴, 검술 한번 끝내주게 괴상하더군요."

제논의 실력을 파악하기 위해 우드로우는 제논과 일대일

대련을 해본 적이 있었다.

놀랍게도 결과는 무승부였다.

워낙 육체 능력이 뛰어나고 검술이 독특하다 보니, 투기술의 격차를 메우고도 남았던 것이다. 물론 우드로우의 전공은 활이지 검이 아니라는 걸 감안해야 하겠지만, 그래도 대단한 성과였다.

알리타를 돌아보며 비렛타가 믿음직하다는 얼굴을 했다.

"게다가 알리타 양의 한 방도 있으니까요."

원래 우드로우와 비렛타는 알리타를 사미드와 대결시키는 것에 반대했다.

그들이 파악한 알리타의 기량은 평범한 기사급 초입 수준의 소드하이어였다. 나이에 비하면 굉장한 실력이지만 전장에서 어디 서로 나이 맞춰서 싸우나?

중요한 건 당장 현재의 실력이고, 솔직히 말해서 현 창천기 사단원들 중 그녀보다 약한 이는 아무도 없었다.

시한은 그들의 의견을 겸허히 수용했다.

그리고 알리타에게 말했다.

'알리타, 한 방 쏴.'

그녀의 아케인 블래스터가 버벌트 협곡에 별장용 동굴 하나를 뻥 하고 뚫어놓는 걸 본 후론, 두 사람 모두 태도를 싹 바꾸었다.

안 그래도 마력만 자꾸 오르는 바람에 마법의 위력도 더 늘어났다. 지금의 아케인 블래스터라면 왕년의 하이어 버클리라도 다시 일어나지 못할 수준이었다. 여전히 한 방 쏘면 끝이라 타이밍은 잘 재어야 하지만.

덕분에 요즘 알리타와 성시한은 이런 고민도 하고 있었다.

"실은 너무 마력이 높아져서 슬슬 아케인 블래스터도 쓰기 힘들어요. 컨트롤이 자꾸 벗어나던데."

"그, 그래? 그럼 8층 마법 아케인 스트라이크라도 가르쳐 줘야 하나? 아니, 밑으로 내려가라고 가르친 방식인데 알리타 넌 왜 위로 올라가냐?"

"나도 올라가고 싶어서 올라가는 거 아니거든요?"

어쨌든 그녀의 한 방은 사미드에게도 충분히 위협적이었다. 제논의 보조를 맡을 자격이 충분하다.

덤으로, 디나는 전투 중에 알리타를 따라다니며 그녀의 종자 역할을 수행하게 되었다.

사실 성시한은 평소처럼 디나를 그냥 안전한 협곡 안쪽 아지트에 대기시킬 생각이었다. 그런데 우드로우와 비렛타가 어이없어 했다.

"어머? 그녀는 알리타 양의 종자 아니었나요? 종자가 마스터를 안 따라간다니, 그게 무슨?"

"그게 무슨 종자입니까, 그냥 공주지."

한국인인 시한의 눈에 디나는 이제 중학교 다닐 나이의 미성년자다. 하지만 테라노어 기준에선 미래가 예비된 한 사람의 전사인 것이다.

안전한 전장만 찾아다니는 예비 기사라니? 과거 루스클란의 황족조차도 저런 부끄러운 짓은 하지 않았다.

제논과 알리타도 반대하긴 마찬가지였다.

"이제까지 우리가 디나를 배제한 건 어디까지나 시한의 비밀을 지키기 위해서였잖습니까?"

"이제 그녀도 비밀을 알게 되었으니, 더 이상 따돌리면 안 되죠?"

"그게 그렇게 되나?"

시한은 머리를 긁적였다. 생각해 보니 저게 테라노어의 올바른 사고방식이었다.

'크, 내가 너무 한국에 오래 있었나 보다.'

어쨌든 그 후로도 시한 일행은 지도를 펼쳐 놓고 회의를 이어갔다.

미리 준비한 함정의 위치를 바꾸고, 전력을 배치하고, 전략을 꾸려 적을 맞이할 준비를 갖춘다.

지도를 내려다보며 성시한이 고개를 끄덕였다.

"좋아, 이제 남은 건 기다리는 일뿐이군."

날카로운 기암괴석 사이로 한 무리의 군세가 모습을 드러냈다. 혁명 영웅 테오란트가 이끄는 60기의 백경기사단이었다.

버벌트 협곡의 지형을 살피며 테오란트는 고개를 끄덕였다.

"확실히 험하군. 숨어 살기엔 안성맞춤이겠어."

왕년에 제국의 눈을 피해 온갖 험지에서 숨어 살아본 그였다. 지형을 보자마자 대충 어디쯤 아지트가 있을지 견적이 나왔다.

물론, 정말로 감만 믿는 것은 아니고 사전에 충분히 조사는 한 후다.

20대 후반의 금발 기사가 테오란트 옆으로 말을 몰고 왔다. 그의 제자, 사미드였다.

"병력의 배치가 끝났습니다, 스승님."

비렛타의 예상대로 테오란트군은 일반병과 마기언을 따로 운용해 협곡을 틀어막고 백경기사단만을 내부로 침투시키고 있었다. 딱히 그녀가 통찰력이 뛰어나서라기보단, 이쪽이 워낙 정석적인 병력 운용이었다.

협곡 입구를 틀어막으면 창천기사단의 대응은 둘밖에 남지 않는다.

입구를 정면으로 뚫고 지나가거나, 아니면 내부로 진입한 테오란트의 백경기사단과 직접 맞붙거나.

물론 소드하이어쯤 되면 굳이 협곡의 입구가 아니더라도 험준한 절벽을 타고 내려가는 것이 가능하긴 하다. 그리고 만약 저들이 그런 멍청한 선택을 한다면 테오란트 입장에선 매우 유쾌할 것이다.

무리를 지어 이 험한 협곡을 넘는다면 이동 속도는 느려 터질 것이요, 멀리서도 바로 위치를 간파당한다. 그럼 테오란트군은 입구의 병력을 이동시킨 뒤 유리한 지형을 선점해 쉽사리 창천기사단을 섬멸할 수 있다.

혹여 뿔뿔이 흩어져 제각기 도망간다면, 그리고 차후 정해진 장소로 모이는 방식을 택한다면 그건 이미 테오란트군의 승리다.

상대가 알아서 전력을 와해시킨 셈이니까. 하나하나 추적해 간단히 처리할 수 있다.

문제는 놈들이 미리 눈치채고 벌써 협곡을 빠져나가 버렸을 경우다. 그럼 그냥 닭 쫓던 개 꼴이 되니까.

다행히 그런 일은 없었다.

"정찰대가 놈들의 흔적을 확인했습니다. 분명 이 안에 있습니다, 스승님."

"잘했다, 사미드."

테오란트가 그의 젊은 제자를 칭찬했다. 고삐를 쥔 채 협곡 너머를 바라보며 사미드가 뇌까렸다.

"역시 스승님께서 직접 나서실 정도의 일은 아니라고 생각 됩니다만……."

백랑기사단의 전멸을 통해 참모부는 창천기사단의 전력을 예상해 놓았다.

그왈로드 숲에 남은 전투의 흔적을 보면 창천기사단은 달 인급이 3명에 기사급 소드하이어가 40명 정도의 전력을 지니 고 있는 것으로 판단되었다.

팽팽한 사투 끝에 백랑기사단을 전멸시키긴 했지만, 창천기 사단 역시 궤멸에 가까운 타격을 입었으리란 것이 참모부의 결론이었다.

그러나 테오란트는 그 결론을 믿지 않았다.

"그까짓 흔적 따위 얼마든지 조작할 수 있다."

혁명전쟁 시절, 제국군의 눈을 속이기 위해 전투의 흔적을 조작하는 건 혁명군의 오랜 습관이었다. 그런 짓을 게을리하 면 살아남기 힘든 시절이었다.

"이유야 어찌 되었든 습관적으로 흔적은 조작했을 거다. 당 시엔 너무 당연한 일이었으니까."

그렇다면 그 이유는 두 가지일 터.

설원의 망령 전력이 실제보다 약하거나, 혹은 강하거나.

"그런데 전투의 흔적은 이미 놈들이 궤멸 상태인 것처럼 보 였지?"

"예, 스승님."

"저기서 더 약하단 소린 놈들이 전멸했단 소린데, 거기서 흔적을 조작해서 무슨 이득을 보겠느냐?"

즉, 창천기사단은 실제론 별 타격이 없으며 상당한 전력을 보전하고 있을 가능성이 높다.

테오란트의 말에 이해 못 하겠다는 듯 사미드가 인상을 썼다.

"그렇긴 하지만, 현실적으로 가능합니까? 갑자기 하늘에서 놈들의 조력자가 뚝 떨어지지 않고서야……."

테오란트는 웃었다. 과연 그의 젊은 제자는 혁명전쟁 시절을 모른다.

"십 년 전만 해도 하늘에서 적이 뚝 떨어지는 건 전혀 이상한 일이 아니었다, 사미드."

그놈의 루스클란 이계소환술.

아무리 정찰을 충실히 하고 적의 전력을 잘 파악해도 숨어 있는 이계소환술사가 있다면 모든 것이 허사다. 하늘에서 이계의 마물이 뚝 떨어져 버리는 것이다.

"항상 최악의 상황을 염두에 둬야 했지."

뭐, 지금이야 그럴 일은 없지만 테오란트에겐 당시의 습관이 남아 있었다. 게다가 지금도, 없던 조력자가 갑자기 생기는 일이 없으란 법은 없었다.

"없던 조력자가 하늘에서 떨어지진 않겠지만, 옆 나라에서 건너올 순 있지 않겠느냐?"

테오란트 왕국은 테라노어 북부에 길게 늘어진 영토를 지니고 있었다. 사파란 왕국, 라텐베르크 왕국, 팔로스 왕국과 국경을 접하고 있기도 했다.

라텐베르크 왕국이야 상황이 상황이니 열외로 둔다고 쳐도, 사파란 왕국이나 팔로스 왕국에서 테오란트의 세력을 약화시키기 위해 몰래 창천기사단에게 힘을 실어줄 가능성은 충분한 것이다.

"레비나라면 그런 짓을 하고도 남지."

이것이 테오란트가 직접 나선 이유였다. 그는 백랑기사단을 전멸시킨 진짜 범인을 팔로스 왕국이라 예상하고 있었다.

사미드가 긴장하며 물었다.

"설마 레비나 여왕이 직접 나선 것일까요?"

테오란트는 실소했다.

"그럴 리가 있느냐? 최근에도 팔로스 쪽에서 꾸준히 모습을 드러내고 있었거늘."

한 나라의 왕쯤 되면 그 일거수일투족을 감출 수가 없다. 순식간에 팔로스 왕국에서 이 북부까지 순간 이동이라도 할 수 있지 않는 한, 레비나가 이곳에 있을 가능성은 전무하다.

"사파란이나 릴스타인이라면 모르겠군. 그 녀석들은 수시로 몸을 숨기니까."

국왕이면서 동시에 플로어 마스터이자 상아탑주인 사파란과 릴스타인은 국왕 업무 도중에도 수시로 잠적하곤 했다. 어쨌건 마기언인 이상 마법 연구를 지속해야 하는 것이다. 그래서 저 둘의 경우 며칠씩 궁정에서 모습을 보이지 않는 것이 흔한 일이었다.

"하지만 그들이 이곳에 있을 리는 없지."

저 말은 곧 일국의 왕이 소수의 인원만을 대동해 타국 한복판에 침투했다는 것인데…….

"마기언 주제에 그런 멍청한 짓을 할 리가 없지 않느냐? 정말 그렇다면 하늘의 축복이겠지만 말이지, 허허."

웃으며 테오란트는 자신의 애제자에게 가르침을 내렸다.

"아마도 창천기사단을 원조한 것은 팔로스 왕국일 것이다. 퀸즈 나이츠의 강자들이 몰래 변장하고 국경을 넘었겠지."

이것이 가장 현실적이고 가능성 높은 예상이었다.

레비나의 사주를 받은 수하들이 창천기사단에 합류해 백랑기사단을 전멸시켰다는 것.

"즉, 지금 내 왕국에 퀸즈 나이츠의 최정예들이 꽤나 침투해 있다는 의미지."

그리고 그들을 모조리 몰살시키면, 레비나의 전력은 상당히 깎이게 된다.

맹수 같은 눈빛을 발하며 테오란트가 뇌까렸다.

"쉽게 오지 않는 기회다. 당연히 짐이 직접 나서야지."

*　　　*　　　*

협곡으로 진입할수록 점점 길이 험해졌다. 더 이상 길이라 부르기도 힘들 지경이기에 백경기사단은 일단 말에서 내렸다. 지형이 이 정도로 험하면 기마 상태보다 오히려 말에서 내려 싸우는 쪽이 유리했다.

말들을 돌려보낸 뒤 테오란트와 백경기사단은 계속 걸음을 옮겼다. 문득 하이어 말루프가 주위를 둘러보며 중얼거렸다.

"슬슬 놈들도 알아차릴 때가 되었습니다만."

그때였다. 순간적으로 테오란트와 사미드, 말루프의 안색이 굳었다. 말루프가 땅을 박차고 허공으로 날아올랐다.

"허업!"

동시에 말루프가 검을 뽑았다. 어느새 강렬한 기세를 담은 강철 화살이 그를 향해 날아들고 있었다.

검이 내려쳐졌다.

콰아아앙!

폭음과 함께 충격파가 사방으로 퍼졌다. 박살 난 강철 조각이 허공으로 비산하며 대기가 쩌렁쩌렁 울렸다. 백경기사단이 긴장하며 몸을 움츠렸다.

사미드가 눈을 매섭게 떴다.

"이건?"

태연한 얼굴로 테오란트가 대꾸했다.

"우드로우의 화살이다. 여전히 황당한 사정거리에 정확도로군. 기감에 감지되지 않는 걸로 보아 최소 150미터 밖에서 쐈다는 소린데."

적어도 150미터 밖이라는 거지, 실제 지형과 거리를 고려하면 250미터는 족히 되어 보였다. 일반 궁병대의 유효 사정거리가 30미터 안팎이고 최대한 곡사로 쏴 탄막군을 형성해도 150미터 정도가 한계다. 이미 활이라 부르기도 민망한 위력이었다.

또다시 화살이 날아들었다.

이번엔 연사로 쏘았는지 세 대의 화살이 순차적으로 날아든다. 사미드가 몸을 날렸다.

"타앗!"

전신 기력을 끌어내며 날아드는 화살에 일검을 날린다.

"뇌신기, 점화!"

아지랑이 같은 투기검이 화살을 명중했다. 박살 난 화살 파편이 폭죽이 터지는 것처럼 화려하게 흩어졌다.

남은 화살 두 대는 테오란트가 처리했다.

그는 말루프나 사미드처럼 몸을 날리지 않았다. 굳이 검을 뽑지도 않았다. 기합성조차도 없었다.

그저 차가운 웃음과 함께 오른손을 들어 날아오는 화살을 겨눌 뿐.

파아앙!

대기가 팽창하며 강렬한 충격파가 쏘아졌다. 충격의 파문이 화살을 휩쓸며 박살 내버렸다.

"대단하긴 하지만, 그래 봤자 화살이지."

세 대의 화살이 더 날아왔고, 또다시 테오란트의 가벼운 손짓에 막혀 엉뚱한 데로 날아가 버렸다.

말루프가 다가오며 말했다.

"우드로우군요. 이 정도 위력의 화살을 쏠 수 있는 건 그 친구밖에 없습니다."

사미드가 불만스러운 듯 중얼거렸다.

"저도 이 정도 위력의 화살은 쏠 수 있는데요?"

우드로우 '따위'의 반역자를 높이 평가하는 말루프의 태도가 영 마음에 들지 않는 모양이었다. 말루프가 비웃음을 흘렸다.

"물론 그러시겠지, 하이어 사미드. 당연히 그대라면 가능할 것이다."

하이어 말루프 역시 마찬가지고, 테오란트라면 손바닥 뒤집는 것만큼이나 쉬운 일이다.

"그런데 그 화살을 250미터 밖에서 정확히 목표물에 꽂아넣을 자신이 있으신가? 이거, 내가 옆에 신궁이 있는 걸 몰라 뵈었군."

"으음……."

사미드는 신음하며 입을 다물었다.

그 역시 기사답게 궁술 역시 교양으로 배웠다. 명중률도 제법 높았다.

하지만 투기와 활과 화살을 정확히 일치시켜 쏘는 건 완전히 다른 문제다. 화살에 투기를 깃들여 쏠 바엔, 차라리 손으로 던지는 쪽이 정확도가 높을 것이다.

몇 차례 더 화살을 막고 나니 도로 하늘이 잠잠해졌다.

"더 이상 화살이 날아오지 않는군."

협곡 너머를 바라보며 테오란트가 말루프에게 물었다.

"어떻게 생각하나, 하이어 말루프?"

고민할 필요도 없다는 듯 말루프가 바로 대답했다.

"유인이겠지요. 기습당한 창천기사단이 택할 수 있는 유일한 선택지일 것입니다."

우드로우와 일부 발이 빠른 소드하이어들이 테오란트군

의 발을 묶는다. 그 사이 본진이 협곡 반대편으로 탈출한다. 이 상황에서 창천기사단이 택할 가장 가능성 높은 대처법이 었다.

테오란트가 다시 물었다.

"각개격파일 가능성은?"

"그럴 가능성도 높지요."

소수가 다수를 상대할 때 가장 유용하게 사용되는 전략이 각개격파다. 하지만 이는 상대보다 월등히 기동력이 높거나, 혹은 빠르게 상대를 처리할 자신이 있다고 판단될 때만 의미가 있다.

서로 간의 기동력 차이는 그리 크지 않으니, 각개격파가 성립하려면 압도적인 전력의 우위로 빠르게 섬멸하고 빠져야 한다.

"그렇다면 유인인 척 저쪽에 모든 전력을 몰아서, 조금씩 이쪽의 전력을 갉아먹으려는 전략일 수도 있습니다. 상대는 소수니까요."

말루프의 말에 테오란트가 고개를 끄덕였다.

"그럼 대응법도 간단하군."

압도적인 전력의 우위를 허락하지 않으면 된다.

창천기사단의 전력에도 충분히 버틸 수 있을 만큼의 병력을 투입한 뒤, 정황이 파악되면 바로 테오란트의 본진이 합류하면 되는 것이다.

그럼 각개격파가 아니라 분산 전투가 되어버린다. 그리고 총 전력은 어쨌거나 테오란트 측이 월등히 높다.

사미드가 눈을 빛내며 자원했다.

"제가 처리하겠습니다, 스승님!"

비록 지금은 일개 도적단의 두목으로 전락했지만, 과거의 우드로우는 이계구원자의 심복이자 창천기사단의 4대 지휘관 중 하나였다.

명성을 떨치고픈 젊은이에게 이보다 더 매력적인 먹잇감이 또 있을까?

하지만 테오란트도 말루프도 의도적으로 사미드를 무시했다.

"하이어 말루프, 백경기사단 중 기사급 열다섯, 투사급 다섯을 뽑아 우드로우를 처리하게."

"명을 받들겠습니다, 폐하."

사미드가 발끈했다.

"스승님, 저도 충분히 우드로우를 상대할 수 있습니다!"

"이미 폐하께선 명령을 내리셨다, 하이어 사미드."

말루프가 엄한 목소리를 뱉어냈다. 사미드의 입이 막혔다.

지금은 적이 되었다지만 말루프도 우드로우도 한때 제국이라는 공통의 적에 맞서 싸우던 전우였다. 우드로우를 공명심에 불타는 젊은이 손에 죽게 할 순 없었다.

'차라리 내 손으로 끝을 보는 것이 낫지.'

스무 명의 백경기사단원을 뽑은 뒤 말루프가 테오란트에게 예를 올렸다.

"그럼 가보겠습니다, 폐하. 부디 무운을!"

옆에서 사미드가 작게 투덜거렸다.

"이까짓 반역자들 처리하는 데 뭔 무운씩이나……."

애써 무시하며 말루프와 20기의 백경기사단원이 본대에서 이탈했다.

멀어지는 그들의 뒷모습을 바라보던 테오란트가 다시 손짓을 했다.

"그럼 계속 이동한다!"

테오란트와 사미드, 그리고 40기의 백경기사단은 계속 협곡을 이동했다. 미리 파악한 창천기사단의 아지트까지 절반 이상 다가갔을 때였다.

테오란트가 인상을 썼다.

"음?"

강렬한 기세가 협곡 너머 바위틈에서 느껴지고 있었다. 거리는 100여 미터 정도. 테오란트는 안력을 높여 상대를 살폈다.

놀라운 거구의 사내였다. 나이는 20대 후반 정도? 옆에 미모의 백금발 소녀를 비롯해 기사급 소드하이어 십여 명 정도 가 함께하고 있었다.

"달인급인가? 게다가 아직 젊군."

테오란트가 파악해 둔 타국의 달인급 소드하이어 중 저렇 게 젊은 기사는 없었다. 하지만 정말 레비나의 부하라면 얼굴 로 상대를 파악하는 행위는 무의미하다. 천변기로 얼굴을 바 꿀 수 있을 테니까.

'역시 레비나였나?'

처음 보는 젊은이라는 시점에서, 더더욱 이 사건의 배후가 레비나라는 확신이 간다.

모습을 드러낸 정체불명의 사내는 딱히 공격을 해오거나 하진 않았다. 그저 거리를 두고 테오란트 측을 바라보고 있을 뿐.

"누가 봐도 유인이군."

흥미로워하며 테오란트는 눈을 빛냈다. 그리고 사미드에게 손짓했다.

"사미드, 마찬가지로 백경기사단 스무 명을 주마. 저놈들의 배후를 캐내거라."

말루프 때와 마찬가지였다. 혹여 저들이 창천기사단의 주력 이라 해도, 충분히 버텨낼 전력을 투입하면 늦기 전에 전세를 뒤엎을 수 있는 것이다.

사미드가 미심쩍어 하며 물었다.

"뭔가 계략이 있는 것이 아닐까요?"

이대로 사미드가 저들을 쫓아가면 테오란트 곁에는 투사급 소드하이어 스무 명밖에 남지 않게 된다.

테오란트가 고개를 끄덕였다.

"그래, 아무래도 놈들이 바라는 게 그것 같다."

"…알면서도 걸려주실 생각이십니까, 스승님?"

"걸려주지 않을 이유가 없지 않느냐?"

테오란트가 걸려들지 않는다면 놈들은 계획이 실패했음을 인정하고 도주할 것이다. 그리고 그걸 일일이 쫓는 것은 상당히 피곤한 일이 될 터.

"도망치지 않고 정면으로 덤벼준다면 더 바랄 나위가 없지, 하하하!"

테오란트는 호탕하게 웃었다.

물론 그의 예측이 사실이라면 저들은 나름대로, 테오란트를 충분히 상대할 수 있다는 판단하에 준비를 하고 있을 것이다.

하지만 과연 그들이 지금의 테오란트를 제대로 파악하고 있을까?

아니라고 장담할 수 있었다.

'놈들이 진실을 안다면, 함정을 파겠다는 생각도 할 리가

없지.'

테오란트는 웃었다.

놈들이 무엇을 상상했건 간에, 그는 그 이상을 보여줄 자신이 있었다.

"가라, 사미드. 놈들을 무릎 꿇려 짐 앞에 대령하라!"

"네, 스승님!"

사미드와 스무 명의 백경기사단원이 테오란트의 곁을 떠났다.

저 멀리 한 무리의 군세가 보였다. 빛바랜 금발을 휘날리며 절도 있는 걸음을 옮기는 중년 사내와 그를 따르는 20명의 소드하이어였다.

성시한은 바위 틈에 몸을 숨긴 채 그 광경을 지켜보았다.

'예상대로군.'

우드로우와 비렛타, 제논과 알리타가 각자 말루프와 사미드를 본진에서 끌어냈다. 기대했던 대로 상당수의 백경기사단도 함께.

딱히 놀라운 일은 아니었다.

'자신의 검에 자신이 있는 소드하이어라면, 분명 저런 식으로 나올 줄 알았지.'

덕분에 모든 것이 계획대로 되었다.

이제 남은 건 오랜 빚을 갚는 것뿐.

시한은 상대를 노려보았다. 그리고 한때의 친우이자 멘토였으며, 맏형처럼 여기기도 했던 남자의 이름을 중얼거렸다.

"왔구나, 테오란트……."

Chapter 5

각개격파

스무 명의 백경기사단을 대동한 채 말루프는 산을 타고 올랐다. 절벽에 가까운 산길을 거슬러 오르며 계속해 전진했다.

　목적지는 협곡 저편의 능선, 화살이 날아온 험준한 암석 지대.

　더 이상 화살은 날아오지 않았다. 하지만 방심할 수는 없다. 언제든 공격에 반응할 준비를 갖춘 채 말루프는·계속 이동했다.

　이윽고 시야에 한 무리의 기사들이 보였다. 암석 사이에 포진한 열대여섯 정도의 소드하이어가 전의를 갈무리한 채 그들을 기다리고 있었다.

주변 지형을 살피며 말루프가 중얼거렸다.

'좋은 위치를 잡았군.'

그때 건장한 체구의 대머리 사내가 나타났다. 한 손에 거대한 장궁을 쥔 사내를 보며 말루프는 씁쓸하게 웃었다.

익숙한 얼굴이었다.

"오랜만이군, 하이어 우드로우."

강철 화살을 시위에 건 채 우드로우가 싸늘하게 대꾸했다.

"그렇군, 하이어 말루프."

그 옆에 투박한 스케일 아머를 걸친 아리따운 미녀의 모습도 보였다. 말루프가 놀란 표정을 지었다.

"비렛타? 당신도 남아 있었나?"

"그보다는, 살아 있었냐는 질문이 좀 더 옳지 않을까?"

상대를 노려보며 비렛타가 살기 가득한 대꾸를 날렸다.

말루프의 안색이 굳었다. 그녀의 적의를 충분히 이해할 수 있었다.

"…그날의 일에 대해선 미안하게 생각하고 있다."

창천기사단이 숙청당했던 그날을 떠올리며 말루프가 회한의 목소리를 냈다.

"내가 그 사실을 알았다면, 무슨 수를 써서라도 폐하를 만류했을 것이다."

그 후회의 감정은 진심이었다.

당시 그는 테오란트의 명을 받아 수도 글레이시어를 떠난 상태였다. 임무를 마치고 돌아와 보니 이미 모든 상황이 끝나 있었던 것이다.

우드로우가 혀를 찼다.

"그걸 아니까 테오란트가 당신을 배제한 것이겠지."

일국의 국왕의 이름을 함부로 부르는 불경에도 말루프는 딱히 반응하지 않았다. 우드로우 입장에서는 그럴 법하니까.

'기사의 맹세엔 어긋나지만, 별로 반발하고 싶은 기분이 안 드는군.'

말루프가 천천히 검을 뽑았다.

"원하는 바는 아니나……."

그의 칼날이 붉은빛으로 물들기 시작했다. 테오란트에게서 전수한 뇌신기가 발동한 것이다.

"나는 테오란트 폐하께 충성을 맹세했다."

초인급 소드하이어의 상징인 투기강이 찬란한 빛을 뿌린다. 차가운 투지와 살기가 어우러져 대기를 진동시킨다.

자세를 갖추며 말루프가 검을 겨누었다.

"폐하의 명에 따라 그대들을 멸하겠다!"

스무 명의 백경기사단 역시 전투태세로 돌입했다. 투기검을 뽑아 들고 전신 갑옷에 방호의 기운을 두른다.

백경기사단의 고유 투기술, 뇌화기(雷火氣).

테오란트의 뇌신기와 염룡기 중 고도의 기법을 누락시키고 서로 융합해 천부적 재능이 없어도 익힐 수 있게 만든 범용적인 투기술, 십여 년 전 이계구원자와 테오란트, 레비나가 합쳐 만들어낸 기술이다.

"하이어 말루프, 그대가 테오란트의 명을 따르는 한……."

우드로우 역시 고함을 터뜨리며 투기를 끌어올렸다. 진천기의 투기가 활시위에 깃들어 진동하며 날카로운 기운을 흘렸다.

"그날의 원한에서 자유로울 수 없다!"

열다섯의 창천기사단 역시 살기를 피웠다. 이계구원자로부터 비롯된 창천기사단의 고유 투기술, 천강기(天强氣)가 무기와 갑옷을 동시에 휘감았다.

양측의 살기가 고조되며 희미한 열기가 사방으로 퍼져갔다.

우드로우가 활을 들었다.

"죽어간 동료들의 원한을 갚겠다!"

강철 화살이 시위를 떠나 허공을 갈랐다.

*   *   *

정체불명의 달인급 소드하이어와 열다섯 명 정도의 인원으로 이루어진 창천기사단의 별동대. 그들은 적당한 거리를 유지한 채 테오란트의 본진에서 계속 멀어지고 있었다.

사미드와 스무 명의 백경기사단은 계속 적들의 뒤를 쫓았다.

얼마나 추격했을까?

문득 사미드가 눈을 빛냈다.

'슬슬 멈추고 돌아설 때가 됐는데.'

테오란트 측의 전력을 분산시키는 것이 목적이라면, 저들은 이대로 하염없이 그냥 도주만 할 수는 없다. 너무 본진과의 거리가 멀어지면 사미드 입장에선 그냥 돌아가 버리면 되니까.

아나나 다를까, 놈들이 이동을 멈췄다.

협곡 사이에 위치한 작은 분지, 그리 넓지 않은 빈 터 곳곳에 칼처럼 날카로운 바위들이 솟아난 곳이었다.

창천기사단이 무기를 뽑아 들며 대열을 갖춘다. 백경기사단 역시 마주 보며 전투 준비를 한다.

창천기사단 사이로 갈색머리의 거한이 나섰다. 그를 노려보며 사미드가 혀를 내둘렀다.

'덩치가 엄청 크군.'

옆에 선 백금발의 미소녀 역시 눈에 들어온다. 사미드는 한번 더 자신의 추측을 굳혔다.

'역시 창천기사단만 있는 게 아니었어.'

현재 남은 창천기사단은 혁명전쟁 시절을 기억하는 이들뿐이다. 저 거한도 그렇고, 백금발의 소녀도 너무 나이가 어렸다. 절대 십여 년 전부터 전투를 벌였을 나이가 아니었다.

물론 창천기사단에 새로 들어온 이일 수도 있다. 창천기사단이라고 제자를 받지 말란 법은 없으니까.

하지만 그렇게 보기엔 둘 다 투기의 경지가 너무 높았다.

'이십 대 후반에 달인급 초입, 거기에 십 대 후반에 기사급이라?'

아무리 뛰어난 재능을 지녔다 해도 환경적 영향은 결코 무시할 수 없다. 저건 안정적인 환경에서 온갖 지원을 받은 후에야 겨우 나올 수 있는 수준이다.

'쥐새끼처럼 숨어 살던 창천기사단에서 저 정도 인재를 키워낼 여력이 있을 리 없지.'

어마어마한 천재라면 가능할 수도 있겠지만, 그런 재능이 세상에 흔하면 천재라 부르지도 않을 것이다.

확신을 담아 사미드가 뇌까렸다.

"퀸즈 나이츠에 그대 같은 거구가 있는 줄은 몰랐군."

거한, 제논이 고개를 갸웃거렸다.

"…퀸즈 나이츠?"

"연기해 봐야 소용없다."

사미드가 자신만만하게 검을 뽑아 들었다. 염룡기가 강렬한 열기를 발하며 아지랑이가 되어 주위로 흘러내렸다.

"그대들을 무릎 꿇린 뒤 확인하면 될 일!"

제논도 검을 뽑았다.

"무슨 소린지는 모르겠지만……."

육중한 투 핸디드 소드가 일반 장검처럼 가볍게도 손에 쥐어진다.

"이 자리에서 당신의 목숨을 거두겠다!"

백금발의 소녀, 알리타 역시 검을 뽑았다. 하프 플레이트 아머로 강렬한 투기가 깃들며 희미하게 떨렸다.

두 사람의 투기술이 고유의 흐름을 타고 사미드에게까지 전해진다. 알리타의 투기술을 확인하며 사미드는 잠시 의아해했다.

'질풍기인가? 특이하군. 퀸즈 나이츠에서 구 제국의 투기술을 쓰다니.'

게다가 저 거한의 투기술 역시 처음 본다.

'퀸즈 나이츠에 저런 투기술도 있었나?'

제논의 패왕기를 보며 그는 잠시 안색을 굳혔다. 하지만 이내 긴장을 풀었다.

놈이 무슨 투기술을 쓰든 어차피 문제는 없었다.

상대의 검은 실로 컸다. 덩치에 걸맞게 큼지막한 투 핸디드 소드였다. 척 봐도 패도적인 검술을 사용하는 스타일이 분명했다.

그가 가장 자신 있어 하는 상대가 바로, 저렇게 힘만 믿고 밀어붙이는 타입이었다.

검을 겨누며 사미드는 패기 있는 외침을 터뜨렸다.

"혁명 영웅 테오란트의 두 번째 제자, 사미드 카이락스다! 정녕 기사로서 부끄러움이 없다면 이름을 대라!"

실은 못 댈 줄 알고 비꼬려고 외친 것이었다. 퀸즈 나이츠의 정체를 감춰야 할 테니까.

그런데 상대가 당당하게 대꾸했다.

"진정한 영웅을 섬기는 기사, 제논 스트라이드다!"

들어본 적 없는 이름이었다. 저 나이에 달인급의 경지에 도달했다면 그 이름이 알려지지 않을 리 없다.

"가명 한 번 당당하게도 대는구나! 기사로서 부끄럽지도 않느냐?"

"누가 가명이라는 거냐?"

흥분하며 제논이 몸을 날렸다. 거구의 기사가 대지를 박차며 빠르게 돌진해 온다.

사미드 역시 마주 돌진했다. 아지랑이 같은 투기를 꼬리처럼 흘리며 순식간에 제논의 코앞까지 쇄도한다.

콰쾅!

투기검과 투기검이 충돌해 벼락같은 굉음을 터뜨렸다.

다른 이들도 가만있지 않았다. 알리타를 비롯한 창천기사단과 백경기사단 역시 몸을 날렸다.

갑옷 입은 기사들이 서로 얽히며 혼탁한 전투가 시작됐다.

　　　　*　　　　　*　　　　　*

　테라노어의 상식상, 마스터가 나가 싸우는데 종자가 전장에서 이탈하는 것은 분명 어불성설이다. 하지만 그것이 종자가 마스터와 함께 전장을 누빈다는 소린 아니다.

　종자의 의무는 마스터를 따르고 보조하며, 전투를 지켜보는 것.

　알리타의 종자, 디나는 조금 떨어진 바위 사이에 숨어 눈을 부릅뜨고 있었다.

　'절대 이 싸움을 놓치지 않을 테야!'

　성시한의 정체를 알고 난 후 그녀는 한동안 패닉 상태에 빠졌었다.

　같이 다니던 동안의 아저씨가 사실은 전설의 영웅이었다?

　그냥 평범한 임무인 줄만 알았던 행보가 사실은 혁명 6영웅을 향한 이계구원자의 복수기였다?

　일개 종자에 불과한 디나로선 상상도 못 해본 일이었다. 전혀 현실감이 느껴지지 않는 것이다.

　하지만 멍한 와중에도 납득하고 있었다.

　션 스테인의 지나치게 강력한 힘, 마치 설설 기는 것처럼 보이는 켈테론 재상의 태도, 혁명 영웅이었던 젝센가드의 실종,

너무도 깔끔하게 끝난 쿠데타.

모든 것이 앞뒤가 맞는 듯하면서도 가까이서 지켜보면 조금씩 어색한 면이 있었다. 하지만 성시한의 정체가 이계구원자라면 완벽하게 맞아떨어진다.

현실을 인정하고 나니 환희가 몰려왔다.

'맙소사! 책에서나 봤던 이야기 속에 내가 들어온 거잖아!'

디나 역시 테라노어의 많은 아이들과 마찬가지로 혁명 7영웅의 전설을 듣고 자랐다. 자택에 온갖 관련 서적을 사두기도 했다.

특히 좋아했던 책은 『이계구원자의 연인』이었다.

눈물을 머금고 고향으로 돌아가는 이계구원자, 그리고 슬프지만 진정 상대를 사랑하기에 떠나보내는 적색의 릴스타인, 그 두 사람의 애틋한 엔딩이 백미인 러브로……

'아니, 잠깐? 이건 아니지.'

디나는 머리를 흔들며 잡념을 지웠다.

'너무 갔다, 정신 차리자.'

어쨌거나 흥분되지 않을 수 없는 일이었다.

전설의 영웅과 함께하고 그에게 가르침을 받는다. 앞으로 테라노어를 좌지우지할 그의 행보를 함께할 수 있다.

기사를 꿈꾸는 이로서 이보다 더 기쁜 일이 또 있을까?

물론 그만큼 고난도 클 것이고 위험한 일도 많겠지만, 목숨이 아까웠다면 애당초 기사를 꿈꾸지도 않았다.

　흥분을 숨기지 않은 채 디나는 눈앞의 전장을 계속 지켜보았다.

＊　　　　＊　　　　＊

　협곡 사이의 동굴이 보였다. 여러 출구를 지닌 복잡한 형태의 동굴이었다.

　기감을 펼쳐 확인한 뒤 테오란트는 의아해했다.

　'…텅 비었나?'

　인기척이 느껴지지 않았다.

　기사급 소드하이어쯤 되면 어느 정도 자신의 기척을 숨길 수 있는 법이다. 하지만 테오란트의 경지라면 그렇게 기척을 숨긴 이라도 충분히 파악할 수 있다.

　상대가 초인급이라면 모를까, 그 이하라면 테오란트의 감각을 속일 수가 없었다. 그런데 지금 눈앞의 동굴 내부에선 아무것도 느껴지지 않았다.

　'날 노린 것이 아니었나? 그럼 역시 저쪽이 본진인가?'

　그것도 좀 이상하다.

　혹여 말루프나 사미드가 향한 쪽에 창천기사단의 전력이 집결되어 있다면, 둘 모두 바로 신호를 보내게 되어 있었다.

신호가 없다는 건 각자의 전력으로 충분히 감당할 수 있다는 의미.

'이해가 안 가는군.'

테오란트는 신중한 태도로 발걸음을 옮겼다.

스무 명의 백경기사단 역시 조심스레 왕의 뒤를 따랐다. 다들 긴장한 기색이 역력했다.

남은 기사들은 모두 투사급, 백경기사단의 문장을 달고는 있지만 아직 진정한 기사의 전투를 벌일 만큼 경지가 높지는 않았다.

이들이 왕실기사단에 어울리지 않게 가죽 갑옷 차림을 하고 있는 이유이기도 했다.

평소에야 왕실기사단의 지위에 어울리는 무장을 갖추지만 지금처럼 실전에선 최상의 전투 준비를 해야 하는 것이다. 시골 기사도 아니고 이름 있는 기사단쯤 되면 겉치레 때문에 생존 확률을 낮추는 바보짓 따윈 하지 않는다.

백경기사단원 중 한 명이 동굴을 바라보며 소리쳤다.

"누군가 있습니다, 폐하!"

흑발의 젊은 사내 한 명이 동굴의 어둠 사이로 걸어오고 있었다. 차분한, 일견 느긋해 보이기까지 한 걸음이었다.

테오란트가 나직하게 대꾸했다.

"나도 보고 있다."

분명히 눈으로 보고 있는데도 기척이 안 느껴진다. 초인급 소드하이어라는 증거다.

'누구지? 퀸즈 나이츠에 저 정도로 젊은 초인급이 있었던가?'

드리워진 음영 탓에 얼굴이 확인되진 않았지만, 상당히 젊어 보이는 사내였다. 기껏해야 20대 후반에서 30대 초반 정도?

누군지는 몰라도, 감히 혼자서 나타나다니 어처구니가 없다.

'설마 단신으로 날 상대할 생각은 아닐 테고, 뭔가 꿍꿍이가 있는 건가?'

테오란트는 흥미로워했다.

과연 무슨 수작일까? 레비나에게서 대체 무슨 명령을 받은 걸까?

그렇게 머리를 굴리던 테오란트의 눈에, 사내의 얼굴이 비쳤다. 완전히 동굴에서 빠져나온 것이다.

그리고 그 순간, 테오란트의 안색이 딱딱하게 굳었다.

"…응?"

머리를 쓸어 올리며 젊은 사내, 천변기를 풀고 본래의 모습을 드러낸 성시한이 차갑게 웃었다.

"반가워, 테오란트. 십 년 만이지?"

언제나 근엄하던 테오란트의 입에서 얼빠진 목소리가 새어 나왔다.

"…성시한?"

백경기사단 역시 당황했다. 전혀 상상도 못 해본 인물이 눈앞에 서 있었다.

"어?"

"저, 저분은……."

이들 역시 혁명전쟁 시절을 겪었다. 당시에 일개 병사였던 이들도 있었고, 종자의 신분으로 전투를 지켜본 이들도 있었으며, 소드하이어로서 함께 싸운 이들도 있었다.

그렇기에 모두들 저 사내의 얼굴을 알아볼 수 있었다.

"…이계구원자?"

"성시한 돌격대장님?"

"에, 시한 대장님이 어떻게 여기에?"

순간 반가운 기색이 백경기사단 전원의 얼굴에 떠올랐다.

이들에게 있어 이계구원자는 단순한 전설의 영웅이 아니다. 믿고 따르고 함께 제국과 맞서 싸운, 현실 속의 전우다.

하지만 그 반가움은 동시에 당혹감으로 바뀌었다. 자신들이 왜 이곳에 왔는지 떠오른 탓이었다.

그들은 설원의 망령, 구 창천기사단을 소탕하러 왔다.

그리고 창천기사단은 과거 이계구원자의 심복 중 심복이다!

"폐, 폐하?"

백경기사단은 당황하며 테오란트를 돌아보았다. 도대체 여기서 뭘 어떻게 해야 할지 판단이 서지 않았다.

혹시 성시한이 자신들의 적인 것인가?

이계구원자가? 저 전설의 영웅이?

지금도 집에 가면 어린 아들딸들에게 '이계구원자를 비롯한 혁명 7영웅께서 계셨기에 이렇게 평화로운 세상이 왔단다'라 며 가르치고 있는데?

"폐하, 대체 어찌해야……."

테오란트는 수하의 말에 반응하지 않았다.

그는 여전히 뒤통수를 호되게 두들겨 맞은 듯한 얼굴이었 다.

"…시한? 정말 네 녀석이냐? 네가 테라노어로 돌아왔다고?"

비릿한 미소를 띠우며 성시한이 디재스터를 꺼내 쥐었다.

"너무 반응이 똑같으니까 좀 웃기는데?"

어쩜 젝센가드와 저렇게 하는 말이 비슷하냐? 역시 이 상황 에서 나올 말이란 게 뻔한 건가?

살기를 피우며 그는 과거의 친우를 향해 검을 겨눴다.

"그래, 내가 돌아왔다. 테오란트."

성시한은 디재스터를 움켜쥔 채 투기를 끌어올렸다.

칼날이 시퍼렇게 물든다. 파천기의 빛이 섬뜩한 예기에 실 려 은은히 흩뿌려진다.

차가운 음성이 협곡 사이로 울려 퍼졌다.

"이제 대가를 치를 시간이야, 테오란트."

명백한 살기, 단호한 적의였다. 백경기사단이 공포에 떨며 뒷걸음질을 쳤다.

"으으으……"

"어째서 이런 일이……."

반면 테오란트는 별다른 감정 변화가 없었다. 그저 눈살을 찌푸리며 흥분한 성시한을 유심히 바라볼 뿐이었다.

"이상하군."

테오란트가 물었다.

"누가 널 소환한 거지?"

"하? 왜 내 발로 돌아왔다곤 생각하지 않는 건데?"

시한은 코웃음을 쳤다. 동시에 묘한 어색함을 느꼈다.

어쩐지 테오란트의 목소리에 죄책감이 보이지 않았다. 그냥 놀랍고 당황스럽지만, 그게 전부라는 투였다.

테오란트가 말을 이었다.

"그럴 수 없으니까."

'그럴 리가 없다'가 아니었다. '그럴 수가 없다'였다.

이 둘은 확실히 의미가 다르다.

"사파란과 릴스타인은 증명되지 않은 가설과 확인된 진실을 구별할 줄 알았다. 그리고 이미 그들은 확인했지. 그러니 시한, 네가 자력으로 테라노어로 돌아오는 일은 있을 수 없다."

"무슨 헛소리를 하고 있는 건지 모르겠군."

시한의 입가에 떠오른 비웃음이 더더욱 짙어졌다.

"있을 수 없는 일이라고? 그럼 네 눈앞에 있는 내가 환상이라도 되나?"

목소리에 깃든 분노가 더더욱 거세어진다.

"아니면, 십 년 전의 배신도 전부 환상일 뿐이라는 거야? 응?"

날카로운 시한의 외침에 백경기사단이 동요하기 시작했다. 서로를 돌아보며 놀란 시선을 교차시킨다.

"…배신?"

"배신이라니……?"

이들은 한때 테라노어에 떠돌았던 '헛소문'을 알고 있는 것이다. 창천기사단이 국왕의 분노를 사 몰락한 이유이기도 하니, 모를 수가 없었다.

웅성거리는 소리가 점점 커져갔다. 테오란트의 안색이 서서히 굳었다.

"음, 곤란하군."

중얼거리며 고개를 끄덕인다.

"확실히 오해하기 쉬운 상황이겠어."

"오해?"

시한은 눈을 치켜떴다.

아니, 십 년 전의 그 상황에 대체 무슨 오해가 있을 수 있다고?

하지만 테오란트의 말은 십 년 전을 뜻한 것이 아니었다. 어디까지나 부하들에 관한 이야기였다.

국왕 된 몸으로, 신하들이 자신을 '오해'하면 곤란하다는 의미.

테오란트가 오른손을 들었다. 웅성거리는 소음이 잦아들었다.

백경기사단의 입을 막은 뒤 그가 외쳤다.

"백경기사단, 이 자리에서 대기하도록!"

그리고 성시한을 돌아보며 턱짓을 했다.

"자리를 옮기자, 시한."

채 시한이 대꾸하기도 전에 테오란트가 몸을 날렸다. 중장 갑옷을 걸친 무장에도 불구하고 마치 깃털처럼 날아올라, 울퉁불퉁한 바위산을 쉽게도 넘어가 버린다.

"뭐?"

기가 막혀 시한이 입을 쩍 벌렸다.

지금 같은 상황에서 부하들을 버리고 홀로 자리를 옮겨 버리다니? 자신이 따라가지 않으면 어쩌려고?

'부하들의 안위 따윈 아랑곳하지 않겠다는 거야?'

남은 백경기사단을 죄다 투사급뿐이다. 성시한이 마음만

먹으면 한꺼번에 쓸어버릴 수 있다.

하지만 시한은 이내 자신이 그럴 수 없음을 깨달았다.

백경기사단원들은 복잡한 눈빛으로 시한을 바라보고 있었다.

"저기, 시한 대장님?"

"정말 돌아오신 겁니까?"

"저, 저흰 그럼 어떻게 해야……."

반가움과 두려움과 당혹이 뒤섞인 시선. 적의도 살의도 보이지 않는다. 그저 혼란스러워할 뿐이다.

이들에게 있어 성시한은 적일 수가 없는 것이다.

"크윽!"

시한은 이를 악물었다.

그는 절대 이들을 죽일 수 없다. 죽이는 것은 고사하고 적대할 수조차 없다.

그렇다고 이들 앞에서 구구절절 테오란트의 배신행위를 설파할 여유 역시 없다. 그럼 운 좋게 왕궁 밖으로 끌어낸 테오란트를 놓칠 수도 있다.

'영악하군, 테오란트! 사람들 앞에서 자신의 치부를 드러내지 않겠다는 건가?'

따라갈 수밖에 없다.

성시한은 몸을 날렸다.

바위와 바위 사이를 뛰어넘으며 시한은 앞서 달리는 중년 사내의 뒷모습을 바라보았다.

느껴진다.

차분하기 그지없는, 마치 만년설처럼 흔들림 없는 굳건한 투기의 기운이.

하지만 그 속엔 당장이라도 폭발할 듯한 활화산이 내재되어 있다.

그가 기억하고 있는 뇌화의 테오란트, 그대로였다.

'테오란트…….'

문득 옛날 생각이 났다.

＊　　　＊　　　＊

테오란트를 처음 만난 건 테라노어 서부의 한 소도시에서였다.

당시 성시한은 릴스타인, 젝센가드와 함께 행동하며 제국의 폭정에 저항하고 있었다. 혁명군이라 할 정도는 아니었고, 일종의 의적에 가까웠다.

천년 제국에 비하면 그들은 아직 약했다.

당장 눈앞에 보이는 불의에 대항하고 손닿는 위치에 있는 고통받는 사람들을 구하기만도 벅찼다. 이계구원자는 물론이고 창천의 기사라는 이명조차 없던 시절이었다.

그렇게 제국의 수배를 피해 테라노어 곳곳을 떠돌던 중이었다.

한 소도시를 들른 시한 일행은 그 일대에서 명성을 떨치는 저항군 '백경기사단'에 대한 이야기를 접할 수 있었다.

혁명 7영웅 이전에도 테라노어 곳곳에는 루스클란 제국에 대항해 일어선 수많은 저항 세력들이 있었다. 애초에 광제 루스타나드가 성시한을 소환한 계기도, 너무 많은 '반역자'들이 우후죽순으로 생겨난 탓이 아니던가?

물론 그들 대부분은 강력한 제국의 힘 앞에 한 줌 이슬처럼 사라질 뿐이었다. 특히나 테라노어 서부는 황도 클라틸과 인접한 지역이라 제국의 탄압이 유독 강했다.

백경기사단은 그 와중에도 명맥을 유지하고 저항을 계속하는 유일한 세력이었다.

제국의 턱밑에서, 가장 상대의 힘이 강한 곳에서 지속적으로 맞서 싸울 수 있다는 것은 그 능력이 보통이 아니라는 증거였다. 그리고 적의 적은 훌륭한 아군이 될 수 있다.

릴스타인이 저들을 찾아보자고 제안했다.

성시한과 젝센가드도 반대하지 않았다.

적의가 없음을 증명하기 위해 그들은 부하도 대동하지 않고 단 세 명이서만 백경기사단을 찾기로 했다. 뭐, 그 와중에 안 가겠다고 버둥대는 릴스타인을 달래느라 성시한이 고생을 좀 하긴 했지만.

"안 가! 난 안 간다고!"

"야, 릴스타인. 네가 찾아보자고 한 거잖아?"

"만반의 준비를 갖추고 찾아보자는 소리였지! 아니, 그 인간이 어떤 놈인지도 모르는데 사자 아가리에 머리를 집어넣자고?"

"그럼 어쩌라고? 너 같으면 동맹을 맺자는 놈들이 살기등등하게 군대를 끌고 왔는데 반가워하겠어?"

"그, 그건 시한 네 말이 맞지만……."

"그러니까 가자, 릴스타인. 응?"

"아이고, 나는 모르겠다. 의견 정해지면 깨워."

참고로, 마지막 말은 둘의 실랑이가 지겨워진 젝센가드가 침대에 벌렁 드러누우며 한 거였다.

어찌어찌 세 사람은 백경기사단의 아지트를 찾아갔다. 그리고 그곳에서 백경기사단의 수장, 테오란트 란시드를 만났다.

테오란트는 시한 일행의 정체를 의심하지 않았다.

당시 시한 일행은 이미 제국의 수배자로 제법 명성이 있는 편이었다. 테오란트 역시 그 소문을 접한 바가 있었다. 오직 세 명이서만 찾아왔다는 것 역시 믿을 수 있는 부분이었다.

"제국의 적은 곧 내 동료인 법이지!"

그는 시한 일행을 환대했다. 하지만 릴스타인의 제의를 바로 받아들이진 않았다.

"그대들이 제국과 맞서 싸우는 소중한 동료라는 것은 인정한다. 하지만 함께하자는 의견은 쉽게 받아들이기 힘들군."

그는 백경기사단을 책임져야 하는 입장이었다. 어중간한 동료 따위와 함께함으로써 백경기사단을 위험에 처하게 할 순 없었다.

"그대들이 정녕 나와 함께하고 싶다면……."

호의적인 살기를 흘리며 테오란트가 검을 뽑았다.

"그 검으로 자신을 증명하라!"

적의 없는 살의, 투기에 대해 잘 모르는 사람이 보면 모순으로 느낄 수도 있겠지만 소드하이어들에겐 익숙한 일이다.

젝센가드도 흥분해 두 자루의 배틀 액스를 움켜쥐었다.

"그것 참 듣던 중 반가운 소리군. 붙어보지 않고 어찌 상대를 알 수 있다고 하겠나?"

투지와 살기는 넘치되 분노와 적의는 없는 결투가 이어졌다. 주변을 초토화시키며 테오란트와 젝센가드는 마음껏 자신의 기량을 서로에게 선보였다.

당시 젝센가드는 초인급 초급의 경지에 들어서 있었다. 테오란트와 투기술의 수준은 크게 차이 나지 않았다.

하지만 검술에서 밀렸다.

타고난 재능과 실전으로 힘을 키운 젝센가드와 달리 테오란트는 북해 전사 출신으로 전통 무술을 기본부터 닦은 자였다. 또한 나이 역시 젝센가드보다 네댓 살은 많았으니 수행 기간도 꽤 차이가 났다.

결국 젝센가드는 패했다.

"쓰벌, 세구만. 역시 세상은 넓어. 시한 녀석 말고도 나보다 센 놈이 또 있을 줄이야."

승리하긴 했지만 테오란트 역시 젝센가드에게 감탄한 얼굴이었다. 호의 가득한 얼굴로 농담마저 건넬 정도로.

"테라노어의 양대 무신 론다르크 장군과 용병왕 바락, 그리고 루스클란 육호장까지……. 테라노어는 넓고, 우리보다 강한 자는 얼마든지 있다. 그대는 너무 우물 안에 오래 들어가 있었던 게 아닌가?"

"그러니까 우물 밖으로 기어 나와 열심히 싸돌아다니고 있잖소?"

젝센가드의 실력만으로도 테오란트는 이들과 함께할 마음을 굳혔다. 하지만 바로 승낙하진 않았다.

또 한 명의 소드하이어인 갈렌 족 소년, 저토록 어린 나이임에도 기이할 정도로 강렬한 기운을 품고 있는 저 소년의 실력이 궁금했다.

"그대의 검을 보여주겠나?"

성시한은 흔쾌히 승낙했다. 그리고 찬란한 청색 투기강을 뽑아 들었다.

당시 시한은 젝센가드와 마찬가지로 초인급 초급의 경지에 도달해 있었다. 하지만 검술 수준은 젝센가드보다 한참 밑이었다.

상식적으로 생각하면 테오란트가 성시한에게 패할 일은 없을 것이다.

하지만 시한에겐 마법의 힘이 있었다.

"맙소사! 초인급 소드하이어인 주제에 고위 마기언이기까지 하다고?!"

휘몰아치는 시한의 투기와 마법 앞에 테오란트는 경악했다.

상대의 경륜은 일천했으며 기술은 투박했다. 하지만 그 이상으로 강력한 투기와 마력을 지니고 있었다.

테오란트는 패했고, 기뻐했다.

"하하하하! 이런 자가 광제에게 맞서 싸우고 있었단 말인가! 일월성신께서 아직 테라노어를 저버리시진 않았구나!"

시한을 인정한 테오란트는 바로 뻣뻣한 태도를 버렸다. 그는 나이나 외견, 성별 따위는 상관치 않고 순수하게 상대를 인정할 수 있는 사내였다.

테오란트가 손을 내밀며 웃었다.

"내가 오히려 그대의 친구가 될 자격이 없는 것 같군."

그 손을 맞잡으며 시한 역시 마주 미소 지었다.

"아니, 당신의 자격은 충분해. 테오란트."

그렇게 테오란트는 성시한의 동료가 되었다. 그리고 그 이후 많은 일들을 함께했다.

광제의 탄압에 맞서 사람들을 구하고, 악인을 벌하고, 타락한 귀족들의 목을 베고, 억울하고 약한 자들을 구했다.

당시 테오란트는 삼십 대 중반, 성시한과는 거의 스무 살 가까운 나이 차가 있었다. 나잇값 못하는 젝센가드와 달리, 생각이 깊고 성격도 진중했다.

그런 테오란트를 어린 시한은 정말 친형처럼 따랐다.

권위적이고 가부장적인 사고방식으로 똘똘 뭉친 아버지를 가진 성시한이었다. 그런 시한에게 테오란트는 인생에서 처음 만난 진정한 연장자였다.

단순히 나이만 많은 것이 아니라, 인생을 먼저 산 자의 삶의 지혜를 전해주는 믿고 따를 수 있는 존재였다.

전투가 끝나고 무수한 시체 더미 속에서 괴로워하는 시한에게 단호하지만 따뜻한 조언을 건네준 것도 그였다.

"왜 그리 수심에 차 있는 거지, 시한?"

"오늘 내가 죽인 병사들… 그들도 누군가의 아버지이고, 남편이며, 아들이었겠지? 내가 과연 그들을 죽일 자격이 있는 걸까?"

테오란트는 성시한의 고뇌를 부정하지 않았다. 오히려 칭찬했다.

"좋은 마음가짐이다. 자신의 손에 피를 묻힌 자는 응당 그 피의 무게를 짊어질 의무가 있지. 하지만 그 무게에 짓눌려 무릎 꿇는다면 그 또한 어리석은 일이야."

살인에 중독되어서는 안 된다. 그렇다고 살인을 기피해서도 안 된다.

자신이 휘두르는 검의 무게를 항상 인지하고, 그 검의 의지가 이끄는 대로 행동하라.

"살고자 검을 휘두르는 것은 옳다."

테오란트에겐 흔들림 없는 신념이 있었다.

그렇기에 그는 죄인을 처단하는 것 역시 주저하지 않았다.

"보면 가끔 인간이 같은 인간을 벌할 자격이 있냐고 따지는 멍청한 놈들이 있는데 참 이해 못 할 소리다."

인간이 인간을 벌하지 않으면 대체 누가 벌하란 말인가? 마냥 먹구름 끼고 하늘에서 벼락 떨어지길 기다리라는 거냐?

"인간의 죄를 가늠할 수 있는 것은 같은 인간뿐이지."

때론 고집이 지나쳐 다투는 일도 있었지만, 그럼에도 테오란트는 분명 혁명 7영웅의 맏형이었다. 그가 정신적으로 이끌어주었기에 다들 현실에 굴하지 않고, 고난 속에서도 꿋꿋이 나아갈 수 있었다.

그래서 백랑기사단을 보았을 때 시한은 정말 이해할 수가 없었다.

'그 테오란트가 루스클란의 앞잡이들을 용서했다고?'

심지어 용서한 정도가 아니라 오히려 중용했다고까지 했다.

자신이 아는 테오란트는 그럴 수 있는 성격이 아니었다.

그가 변하지 않았을 거라 생각하는 건 아니다. 더 이상 그런 미련 따윈 없다.

하지만 변한다 해도, 타락한다 해도 그런 식으로 타락하진 않았어야 했다.

차라리 루스클란의 잔당들을 모조리, 당사자뿐만이 아니라 죄 없는 가족들까지 모조리 베어버렸다고 하면 분노할지언정 납득은 했을 것이다.

'게다가 창천기사단의 일도 있지.'

너무 이해가 안 가 처음엔 카렌처럼 다른 가짜가 테오란트인 척하고 있지 않나 하는 의심도 했다. 하지만 그건 아니었다.

지금 앞서 나아가는 저 강렬한 기운, 틀림없이 시한이 기억하는 혁명 7영웅의 맏형이었다.

바위를 박차고 나아가며 성시한은 인상을 썼다.

'대체 어떤 인간이 되어버린 거야, 테오란트?'

*　　　　*　　　　*

이윽고 테오란트가 이동을 멈췄다. 사람 없는 바위산 위에
서서 주위를 둘러본다.

"이 정도면 충분하겠군."

성시한 역시 테오란트 앞에 섰다.

"이곳을 자신의 처형터로 골랐나 보지?"

차가운 비아냥에도 불구하고 테오란트는 별 반응을 보이지
않았다. 시한을 빤히 보더니 그가 나직하게 물었다.

"어떻게 된 거냐, 시한? 누가 널 테라노어로 소환한 거지? 설
마 루스클란의 잔당에게 조종당하고 있는 거냐?"

그 목소리에서 자신이 배신한 이와 재회한 당혹감 따윈 전
혀 느껴지지 않았다. 십 년 전, 그들의 우정이 굳건했을 때 그
대로였다.

도리어 성시한이 당황했다.

'도대체 무슨 수작인 거야?'

어째 표정만 보면, 시한이 자신에게 악감정이 있을 거라는
생각조차 안 하고 있는 것 같았다.

"조종 같은 소리 하네."

성시한이 콧방귀를 뀌었다.

"배신당한 놈이 배신자를 다시 찾아왔는데, 그럼 옛 추억이
나 더듬자고 왔을 것 같아?"

시한의 추측은 옳았다.

"너, 설마……."

어처구니없다는 듯 테오란트가 반문했으니까.

"그날의 일로 아직까지 원한을 품고 있는 거냐?"

붉은 투기강이 허공을 가르며 뇌전을 토한다.

"뇌신기, 산화!"

적색의 번개가 사방으로 비산해 대지에 내리꽂힌다.

말루프의 뇌전을 피해 우드로우는 지그재그로 이동하며 후퇴했다. 그리고 허리의 벨트에서 강철 화살을 뽑아 시위에 걸고 투기를 부여했다.

"진천기, 섬광!"

빛이 작렬했다. 투기강을 똑바로 세우며 말루프는 정신을 집중했다.

근거리에서 날아든 우드로우의 화살은 초인급 소드하이어에게도 충분히 위협적이었다. 한순간이라도 방심하면 몸에 바람구멍이 뚫린다.

"흥! 이 정도쯤은!"

아슬아슬하게 화살을 피하며 그는 투기강을 휘둘렀다.

마음 같아선 회피와 동시에 접근하고 싶었지만, 우드로우의 화살은 그 자체로 강력한 충격파를 동반하기 때문에 근접 거리에서 피하면 자세를 유지하기가 힘들다.

그래서 말루프는 화살을 부수는 쪽을 택했다.

콰아아앙!

휘두른 투기강이 화살대를 수수깡처럼 베어내며 허공에 파문을 터뜨렸다. 우드로우가 혀를 차며 또다시 뒤로 물러섰다.

자세를 바로잡으며 말루프는 상대의 허리춤을 바라보았다.

'5대 남았군.'

현재 우드로우는 허리 벨트 양쪽에 각자 3대의 화살을 착용하고 있었다. 보통 궁사의 상징처럼 여겨지는 화살통은 쓰지 않았다.

화살통은 어디까지나 제자리에 서서, 정적인 활쏘기를 할 때나 쓰는 물건이다. 지금처럼 날고뛰는 마당에 화살통을 메고 있으면 화살 다 쏟아지는 것이다.

그렇다고 안 쏟아지게 화살통에 화살을 잘 고정시켜 두면 제때 뽑을 수가 없지.

날다람쥐처럼 바위와 바위 사이를 오가며 우드로우는 다시 화살을 재었다.

그리고 발사.

"진천기, 섬광!"

땅 위로 긴 흔적까지 남기며 충격파를 실은 화살이 말루프에게 쏘아졌다. 이번엔 채 화살을 부술 여유가 없었다.

타이밍 좋게 반대편에서 비렛타가 덤벼든 것이다.

"하아압!"

날카로운 기합을 터뜨리며 비렛타는 연달아 투기검을 찔렀다. 초인급인 말루프에 비해 아직 그녀는 기사급의 벽에 가로막혀 있었다. 일대일 대결이라면 채 몇 초도 버티지 못하고 패했겠지만…….

"우드로우!"

말루프의 좌측을 공략하며 비렛타가 고함을 질렀다.

그녀는 어디까지나 우드로우의 보조로, 말루프의 집중을 방해하는 것이 임무다. 빈틈만 만들어내면 그걸로 족하다.

신호와 동시에 우드로우의 화살이 시위를 떠났다.

"진천기, 관천!"

비렛타를 뒤로한 채 말루프는 몸을 굽히며 우측으로 뛰었다. 한 줄기 빛이 허공을 가르고, 곧바로 강렬한 충격파가 굉음을 동반하며 뒤를 따랐다.

뇌신기로 몸을 보호하며 말루프가 혀를 내둘렀다.

"제법이군, 역시 그대는 날 잘 알고 있어."

우드로우가 코웃음을 쳤다.

"당연하지, 우리가 함께 싸운 전투가 몇 번인데?"

하지만 그 말은, 말루프 역시 우드로우에 대해 잘 알고 있다는 소리다.

말루프가 바로 땅을 박찼다.

대지를 지그재그로 미끄러지며 삽시간에 거리를 좁히는 그 모습은 뱀이라기보단 오히려 천공의 전격을 연상케 한다. 단숨에 접근한 말루프의 사정거리 안에 우드로우가 들어왔다.

붉은 투기강이 불을 뿜었다.

"받아봐라, 우드로우!"

염룡기로 변화한 투기강이 이글거리는 화염을 사방으로 흩날렸다.

열기 속에서 우드로우는 허겁지겁 손에 쥔 장궁을 휘둘러 공격을 막았다. 궁병대가 아닌 궁사 개인의 전투에 익숙한 우드로우이기에, 근접전에 대한 대응책 역시 풍부했다.

하지만 아무리 그렇다 해도 궁사가 활대로 검사와 근접전을 벌인다는 것은 어불성설, 심지어 말루프는 그보다 경지가 높은 소드하이어였다.

몇 초 지나지도 않아 바로 수세에 몰렸다.

"크윽!"

그리고 또 몇 초 만에, 바로 말루프의 공격권에서 벗어났다. 기다렸다는 듯이 비렛타가 상대의 등을 잡은 것이다.

말루프가 감탄을 흘렸다.

"좋은 일격이군, 비렛타!"

멀어진 틈에 다시 우드로우가 화살을 날렸다. 조금 전 말루프의 외침을 그대로 돌려주면서.

"받아봐라, 말루프!"

비슷한 양상의 전투가 이어졌다.

우드로우가 화살로 견제하고, 말루프가 거리를 벌리며 공격을 튕겨내고, 비렛타가 허점을 유도하면 다시 우드로우가 화살로 치명타를 노린다.

화살은 문제가 없었다. 우드로우는 미리 이 지역 곳곳에 예비용 화살을 숨겨두고 있었다. 날린 화살을 도로 주워 사용하는 수법에도 익숙했다.

팽팽한 승부였다. 놀랍게도 두 사람은 초인급 소드하이어인 말루프를 상대로 용케도 밀리지 않았다.

달인급과 기사급 두 명에서 초인급과 동등한 전투를 벌이기란 사실 힘든 일이다. 그런데도 이런 상황이 펼쳐졌다.

우드로우와 비렛타의 호흡이 워낙 좋기도 하고, 상대를 잘 알고 있다는 이유도 있지만⋯⋯.

"너무 여유 부리는 것 아닌가, 말루프?"

자존심이 상한 우드로우의 외침대로, 말루프가 그들을 죽이려 하지 않는다는 점이 제일 크다.

그렇다고 일부러 봐주는 것도 아니었다. 그는 기사의 맹세를 어길 생각이 없었으니까.

"그대들을 사로잡아, 나의 주군에게 바치겠다!"

말루프는 최선을 다해 우드로우와 비렛타를 생포하려 하고 있었다. 어디까지나 '생포'에만 목적을 두고 전력을 다함으로써 자신의 맹세도 지키고 원치 않는 살해도 피하려는 셈이다.

격렬한 전투 중임에도 불구하고 비렛타가 실소를 흘렸다.

"그 쓸데없이 진지한 성격은 여전하네요, 말루프."

하긴, 그러니 혁명군 시절부터 저 쓸데없이 진지한 테오란트의 심복으로 살아왔겠지.

'다들 어떻지?'

우드로우는 말루프를 견제하며 힐끔 상황을 살폈다.

창천기사단과 백경기사단은 사방으로 흩어져 치열한 전투를 벌이고 있었다. 하지만 딱히 쓰러지거나 사망한 자는 없었다.

그들이 우드로우와 비렛타, 말루프처럼 서로를 봐주고 있어서는 아니었다.

원래 금속 갑옷을 제대로 사용할 줄 아는 기사급 소드하이어의 대결은 단기전이 되기 힘들다. 갑옷 때문에 일격에 치명상을 줄 수가 없으니까.

서로가 서로에게 충격을 주며 조금씩 기력을 깎아내다가 치명적인 일격을 가하는 것이 기사급 소드하이어끼리의 전투인 법이다.

그래서 양측 모두 아직까지 희생자는 나오지 않았다. 물론

이대로 시간이 지나면 결국 서로의 피가 이 척박한 바위산을 물들이리라.

말루프는 그런 결과를 원하지 않았다.

"불필요한 전투일 뿐이다. 어차피 결과는 정해진 것! 희생자가 나오기 전에 항복하라, 우드로우!"

"그럴 수 있을 것 같나? 죽어간 동료들이 지금도 꿈속에서 복수를 외치고 있는데!"

"백랑기사단의 일만으로 폐하를 비난할 순 없다! 창천기사단이 몰락한 직접적인 이유는 왕국의 질서를 어지럽혔기 때문!"

안타까움마저 느끼며 말루프가 외침을 이었다.

"그대들 역시 과오가 있지 않은가?"

처음부터 창천기사단이 그 얼토당토않은 헛소문, 테오란트며 다른 혁명 6영웅이 이계구원자를 배신했다는 이야기를 퍼뜨리지만 않았다 해도 일이 이렇게까지 되진 않았을 것이다.

"그대들이 이계구원자에게 배신당한 기분은 나도 충분히 이해할 수 있다! 그렇다고 그것을 폐하의 탓으로 돌리다니!?"

물론 이런 말 몇 마디로 우드로우가 설득될 것이란 기대는 말루프도 하지 않았다. 오히려 더욱 흥분해 날뛰면 날뛰겠지.

알면서도 워낙 답답해 해본 소리일 뿐이었다. 그런데 우드로우의 태도가 예상외였다.

"하긴, 당신 입장에선 그렇게 생각할 수밖에 없겠지."

설득되지도, 그렇다고 흥분하지도 않는다.

뭔가 이해할 수 없는 여유로운 기색을 보인다.

말루프는 당황했다. 시간을 끌어서 불리한 쪽은 명백히 창천기사단 측이었다. 지금도 전황이 조금씩 기울고 있는 데다 백경기사단 뒤엔 혁명 영웅, 뇌화의 테오란트가 있다.

화살을 준비하며 우드로우가 씩 웃었다.

"일단은 계속 싸우자고, 말루프. 지금 내가 떠들어 봐야 당신이 받아들이긴 힘들 테니까."

중얼거리며 문득 바위산 저편으로 시선을 옮긴다.

그곳에 이 모든 상황을 일거에 해결할 뭔가가 존재한다는 듯이.

"때론 충격 요법도 괜찮은 선택이지?"

우드로우의 혼잣말에 말루프의 눈빛이 차갑게 식었다.

'뭐지?'

이유 모를 불안한 기분이 스멀스멀 등줄기를 타고 오르고 있었다.

＊　　　　＊　　　　＊

테오란트는 성시한이 테라노어로 돌아올 것이라고 한 번도 생각해 본 적이 없었다. 그가 돌아오고 싶어 할 것이라 생각한 적도 없었다.

고향으로 돌아갔으니까.

몸 성히 사랑하는 가족의 품으로 돌려보내 주었으니까.

"만족스러운 결과는 아니었겠지만, 불만을 터뜨릴 상황도 아니지 않느냐?"

물론 그 과정이 좀 문제가 있었다는 것은 동의한다. 시한의 의사에 반해 저지른 짓이란 것도 잘 알고 있다.

"당시에야 네 녀석이 어렸으니 배신당했다고 생각했을 수도 있겠지. 하지만 벌써 십 년 전의 일이다."

더 이상 성시한은 십 대 소년이 아니다.

충분히 머리가 굵어졌다. 사리 분별력이 생길 나이가 되었다.

"그 정도 나이를 먹었으면 우리가 왜 그런 짓을 했는지 충분히 알아차렸을 거라 생각했거늘, 쯧쯧."

혀까지 차며 테오란트는 고개를 절레절레 저었다. 황당하고 안타깝다는 듯한 태도였다.

시한은 아무 말도 하지 않았다.

기가 막혀서였다.

"아니, 그러니까……."

한참 후에야 그는 간신히 입을 열었다.

"…몸 성히 고향으로 돌려보내 주었으니 고마워하라는 말이야, 지금?"

"고마워할 것까진 없지. 어느 정도 배신감을 느끼는 것도 이해할 수 있다."

어린 동생을 타이르듯 테오란트가 진중한 목소리로 말을 이었다.

"하지만 설마 그 나이 되도록 진실을 못 알아챘을 줄은 몰랐구나."

"진실이라……."

부들거리는 주먹을 꽉 쥐며 시한이 대꾸했다.

"그딴 건 이미 카렌에게 들었어."

"…카렌?"

테오란트의 눈이 가늘어졌다. 아무래도 돌아온 시한이 찾은 이는 자신뿐만이 아니었던 모양이다.

"혹시 젝센가드의 실종이 네 짓이었냐, 시한?"

"아, 그 친구는 대가를 치렀지. 카렌 역시."

"카렌도 만났었나?"

납득했다는 듯 테오란트는 고개를 끄덕였다. 그리고 눈을 치켜떴다.

"그렇다면 더더욱 어이가 없군! 진실을 듣고도 이리 굴고 있단 말이냐?"

준엄한 목소리로 꾸짖으며 말을 잇는다.

"네 녀석이 그대로 테라노어에 잔류했다면 결과는 뻔했다. 성숙하지 않은 정신에 지나치게 강력한 무력, 네가 감당할 수 없는 명성과 지위. 이 모든 것이 독이 되어 네 앞날을 망쳐 버리고 종국엔 테라노어마저 집어삼켰을 것이다."

하지만 시한이 지구로 돌아감으로써 모든 문제는 해결되었다.

"처음에야 감정의 지배를 받아 제대로 사리 판단을 못 했을 수도 있다. 하지만 십 년이란 세월이 그렇게 짧지는 않지 않느냐?"

시한이 그토록 믿고 따르던 '큰형'의 얼굴로, 테오란트는 노골적인 실망의 표정을 지어 보였다.

"실망이구나, 시한. 아직도 철이 안 들었을 줄이야……."

성시한은 이마를 짚었다.

왠지 웃음이 나왔다.

"하, 하하……."

배신자들과 재회하는 상상은 이미 한국에서 많이 해봤다.

자신을 본 배신자들이 경악하고 놀라는 모습, 죄책감에 용서를 구하는 경우도, 오히려 뻔뻔하게 과거의 죄를 덮겠다며 덤벼드는 경우도 상상해 보았다.

"정말 현실은 상상과 좀 많이 다르네."

테오란트는 어느 쪽도 아니었다.

자신이 배신한 자를 눈앞에 두고 오히려 당당하게, 진심을 담아 이렇게 말하고 있다.

"모든 건 너를 위해서였다."

시한은 키득거렸다. 설마 이렇게 나올 줄은 상상도 못 했다.

"그러니까… 나를 위해서 그렇게 한 거란 말이지?"

"당연하지 않느냐?"

당시 사파란과 레비나, 젝센가드는 후환을 남기지 말고 성시한을 죽여 버려야 한다고 했다. 그렇기에 테오란트는 더더욱 자신의 선택에 확신을 가질 수 있었다.

"레비나 같은 계집에게 빠져 헤롱거리던 네가, 그대로 테라노어에 남아 있었다면 무슨 꼴을 당했을 것 같으냐?"

그는 시한을 배신함으로써, 시한을 구원한 것이나 마찬가지다.

"그런데 감사하지는 못할망정 아집에 빠져 그날의 복수나 생각하고 있었다니……."

테오란트의 힐난에 성시한은 쓴웃음을 지었다.

그 역시 당시의 자신이 어리석었다는 건 인정하고 있었다.

"그런데 그 구원이란 것이 끝까지 날 속이고, 아무런 티도 내지 않고, 이용해 먹을 만큼 이용해 먹은 뒤 그냥 지구로 보내는 것이었어?"

시한의 언성이 조금씩 높아졌다.

"왜 말 한마디 해주질 않았지? 당시에도 헛바닥은 달려 있었을 텐데?"

테오란트가 단언했다.

"당시의 너는 남의 말을 들을 준비가 되어 있지 않았다."

"그러니까, 대체 무슨 근거로 그런 판단을 내린 거냐고!?"

혁명 6영웅이 그를 배신한 진실, 카렌에게 그 이야기를 들었을 때 시한은 분노했다.

'내가 테라노어의 기준을 무시했다고?'

한국인의 상식에서 테라노어란 정녕 이해하기 어려운 세상이었다. 비인간적인 신분제도, 혹독하기까지 한 율법, 남녀 차별은 너무나 당연하고 인종별, 지역별로도 온갖 차별과 부조리가 산재해 있었다.

시한은 그 모든 것을 최대한 이해하고 받아들이려 노력했다.

어쩔 수 없었다. 그는 이방인이었고, 테라노어의 상식을 받아들이지 않으면 아예 이 세계에서 살아갈 수가 없었다.

진정 성시한이 테라노어의 상식을 부정했다면 노예의 존재, 잔혹한 전쟁, 포로에 대한 처형이나 가혹 행위조차도 모두 반발을 보였을 것이다.

그는 그리하지 않았다. 뭐, 초반엔 민주주의니 뭐니 하는 헛소리도 좀 하긴 했지만 그걸 강요한 적은 없었다.

성시한이 거부한 것은, 마지막까지 받아들일 수 없는 것뿐이었다.

테라노어인들조차도 심리적 거부감은 가지고 있지만 어쩔 수 없다고 생각하는, 테라노어 내에서도 무의식중에 부조리라 인정하는 것들.

실제로 루스클란 황족을 처벌할 때는 혁명 6영웅도 스스로 인정하지 않았는가?

원치 않는 일이고 옳은 일도 아니지만, 어쩔 수 없는 일이라고.

혁명 6영웅은 시한이 자신들을 이해하려 하지 않았다고 비난했지만 정작 그들도 시한을 전혀 이해하려 하지 않았다.

애써 흥분을 진정시키며 시한이 말했다.

"그래, 어쩌면 테오란트 네가 말한 대로 되었을지도 모르지. 하지만 아니었을 수도 있잖아?"

"아니, 분명히 그렇게 되었을 것이다."

십 대의 사춘기 소년이 어떤 식으로 생각하고 행동하는지 테오란트는 자신의 '경험'을 통해 충분히 알고 있었다.

"넌 나이 들었던 적이 있느냐, 시한? 나는 어렸던 적이 있다."

세상을 좀 더 산 연장자의 권위를 담아, 그는 단언했다.

"말해 무엇 하겠느냐? 네가 어떤 식으로 받아들였을지는 안 봐도 뻔하거늘."

　달인급 초입인 제논과 달리 사미드는 초인급의 벽만을 앞
둔, 달인급의 극에 달한 자였다.

　당연히 투기량도 투기술의 경지도 제논보다 월등히 높았다.

　그런데 제논과 사미드의 투기검이 서로 충돌했을 때……

　"큭!"

　뒤로 밀린 건 사미드 쪽이었다.

　'뭔 힘이 이렇게 좋지?'

　투기량의 차이 못지않게 제논과 그의 육체적 능력 역시 차
이가 컸던 것이다.

　밀린 기세를 역이용해 허리를 틀며 사미드는 재차 검격을
날렸다. 화끈한 열기가 칼날을 타고 밀려 올라왔다. 염룡기를
투기에 실어 휘두른 것이었다.

　검과 검이 마주하는 순간 강렬한 열기가 제논의 전신을 덮
쳐 왔다.

　제논이 신음을 흘렸다.

　"윽!"

　순간적으로 눈이 핑 돌고 숨이 턱 막힌다.

　뇌신기의 뇌전과 마찬가지로 염룡기 역시 그 화기로 상대의
움직임을 제압하는 효과가 있었다. 그래서 어지간한 소드하

이어라도 이 열기에 휩싸이면 자신의 기량을 제대로 발휘하지 못하게 마련이었다.

그런데 제논은 딱히 움직임이 둔해지거나 하진 않았다.

"뜨겁군!"

그냥 뜨거워할 뿐, 여전히 강력한 연격을 날려댄다.

분명 투기로 열기를 다 막지는 못했는데, 그냥 잔여 열기는 몸으로 때워 버린 것이다. 워낙 육체 조건이 좋다 보니 남은 열기쯤은 그냥 감당이 되어버린다.

'진짜 무식한 놈일세?'

어이가 없어 사미드는 혀를 내둘렀다. 보통 소드하이어는 육체의 한계를 극복하기 위해 투기의 힘을 빌리는데, 이 덩치 큰 놈은 어째 반대인 것 같았다.

그렇지만 딱히 당황하거나 하지도 않았다.

어차피 예상한 일이었다.

'힘으로 밀어붙이는 타입 따윈 쉽지.'

뇌화의 테오란트, 그에겐 또 하나의 이명이 있다.

대륙 최강의 검술가.

검술이라는 측면에서 테오란트는 테라노어 최강을 달리고 있었다. 순수한 검술의 기량으로만 따지면 루스클란 육호장은 물론이고, 과거 론다르크 장군이나 용병왕 바락조차도 그보다 우위라 장담할 수 없는 수준이었다.

그와 기술적으로 필적하는 이는 단 한 명, 카렌 이나시우스뿐이었다. 격투술 수준에 비해 투기술이 좀 떨어져서 진정한 의미의 최강자는 되지 못했지만.

그런 테오란트에게 모든 검술을 전수한 사미드였다.

"멧돼지 같은 놈! 진정한 검을 보여주마!"

사미드의 검술이 변했다.

화려한 검광을 사방으로 흩날리며 시야를 희롱한다. 허와 실이 끝없이 변화하고 이어지며 검광의 궤적이 하나의 예술 작품처럼 꽃을 피운다. 환상처럼 느껴질 정도로 아름다운 검술이었다.

자부심을 담아 사미드가 소리쳤다.

"이것이 혁명 6영웅으로부터 선택받은 자의 검이다! 하하핫!"

혁명 6영웅으로부터 가르침을 받은 이는 많다. 하지만 후계자로 인정받은 자는 거의 없다. 대부분 부하의 신분으로 가르침의 일부만을 터득했다.

정식 제자로, 진정한 후계자로 모든 것을 물려받은 이는 테오란트의 제자인 사미드와 란펠뿐인 것이다.

사실은 다른 혁명 6영웅이 아직 딱히 후계자를 키울 나이가 아니라서 그런 것이긴 하다. 뭐, 젝센가드는 그럴 나이였지만 인간이 워낙 게을렀고……

어쨌거나 사미드의 위치는 충분히 타인의 부러움을 살 만했다.

그런데 어째 상대는 부러워하는 기색이 전혀 없었다.

"아, 그러서? 좋겠다. 선택받아서."

부러워하는 건 고사하고 비웃는 기색마저 보인다?

'뭐지, 이놈?'

살짝 당황했지만 사미드는 이내 평정을 되찾았다.

이미 그의 검은 상대의 급소를 교묘히 노리고 있었다. 주제 파악 못 하는 상대의 반응 따위에 일일이 신경 쓸 필요는 없다!

"타아앗!"

기합과 함께 사미드의 투기검이 수많은 환영을 그렸다. 염룡기를 실은 투기의 칼날이 제논의 사방으로 쏟아졌다.

그때였다.

갑자기 제논이 자세를 바꿨다.

"이 정도면 탐색전은 충분하겠지!"

두 손으로 휘두르던 투 핸디드 소드를 한 손으로 고쳐 쥐며 가볍게 찔러온다. 말이 가볍게지, 실제론 육중한 투기와 중량을 실은 찌르기가 사미드의 사방을 노린다.

"헉?"

사미드는 경악했다. 날아드는 찌르기의 궤적이 그 못지않게 화려하고 정교했다.

그뿐이면 딱히 놀랄 일은 아니다. 상대의 검술, 피더페히트는 사미드도 잘 알고 있었으니까.

문제는 위력과 타이밍이 천양지차라는 점이었다.

뻔히 아는 각도에서 생소한 타이밍으로 들어오는 제논의 검격을 걷어내며 사미드가 비명을 터뜨렸다.

"뭐, 뭐야, 이 검술은?!"

＊　　　＊　　　＊

한 손은 허리에, 다른 한 손은 검을 들어 가볍게 상대를 겨눈다.

그리고 빠른 스텝으로 치고 빠지며 연신 찌르기와 베기를 날린다.

전형적인, 매우 전형적인 테라노어 서부 검술 피더페히트였다.

그런데 문제는 저 검술을 쓰는 놈이 신장 2미터짜리 거한이고, 쓰는 검도 2미터짜리 대형 검이라는 점.

대들보가 꼬챙이처럼 날아드는 기괴한 경험을 마주하며 사미드는 정신없이 검을 휘둘렀다.

이마에 식은땀이 흘렀다. 자기도 모르게 입 밖으로 욕설이 흘러나온다.

"아오, 씨……."

차라리 완전히 생소한 검술이면 상대하기나 편하겠는데, 뻔히 알고 있는 검술이라 더 헷갈린다.

점점 사미드의 손발이 어지러워지기 시작했다.

"크윽!"

결국 그는 투기술을 전환했다. 세밀한 검술을 펼치기 위한 염룡기 대신 투기의 위력을 증강시키는 뇌신기를 끌어올린다.

"타아앗!"

검술로는 도저히 상대가 안 되니 투기술로 밀어붙일 셈이었다. 달인급의 벽에 다다른 사미드가 작정하고 뇌신기를 떨치니 강렬한 전격이 사방으로 퍼져 나갔다.

기세에 밀려 제논이 뒷걸음질을 쳤다. 그 와중에도 한마디 하는 것은 있지 않았다.

"오! 과연 대륙 최강 검술가의 제자다운 솜씨로군!"

대놓고 날린 비아냥이었다. 검술로 이름 높은 테오란트의 제자 주제에 투기로 밀어붙이다니 부끄럽지도 않냐는 의미다.

사미드의 눈빛이 흔들렸다.

"…이, 이놈이!"

상대가 흥분한 틈을 타 제논이 다시 파고들었다.

요란한 공방과 뇌성이 이어졌다. 패왕기와 뇌신기의 투기가 서로 충돌해 연신 대기를 흔들었다.

사미드가 이를 갈았다.

"이 변태 같은 놈!"

억울하다는 듯 제논이 받아쳤다.

"이게 왜 변태인 건데?"

사미드의 좌측에서 낭랑한 소녀의 목소리가 울렸다.

"솔직히 변태 같아 보이긴 하거든요?"

어느새 알리타가 시야 밖에서 파고든 것이다.

질풍기를 실어 접근하며 사미드의 등에 일검을 날린다. 사미드가 인상을 구겼다.

"이년이?"

제논이야 인정할 만하지만, 알리타는 고작해야 기사급이었다. 제논처럼 뭔가 특별한 기량이 보이지도 않았다.

"그까짓 실력으로 끼어들 수 있을 것 같으냐?"

이런 평범한 기사급 소드하이어 따윈 일격에 죽일 자신이 있다. 허공에서 몸을 틀며 사미드가 참격을 날렸다.

"가소롭다. 일격에 목을 날려주지!"

뇌전의 검이 날아드는 순간이었다. 갑자기 알리타의 전신이 어둠에 휩싸였다.

투기검이 어둠을 갈랐다. 갈라진 어둠 속엔 아무것도 없었다.

사미드의 안색이 굳었다.

'…잠형기?'

허겁지겁 사미드는 몸을 뺐다. 그의 판단은 옳았다. 어느새 그의 발치 그림자에서 알리타가 솟아 나오며 검을 올려 벤 것이다.

파지직!

아슬아슬하게 투기의 칼날이 사미드의 머리칼을 스치고 지나갔다. 머리카락 몇 올이 허공에 흩날리다 투기에 휘말려 불타 버렸다.

물러서며 알리타가 아쉬운 표정을 지었다.

"쳇, 실패네."

알리타를 노려보며 사미드가 그럴 줄 알았다는 표정을 지었다.

지금 알리타가 선보인 잠형기는 상당한 수준이었다. 레비나에게 직접 전수하지 않는 한, 저 나이에 도달할 수 있는 경지가 아니다.

"역시 퀸즈 나이츠였군!"

제논과 알리타는 굳이 사미드의 오해를 풀어주지 않았다. 오해하든 말든 그들이 신경 쓸 이유가 없었다.

'아니, 오해하면 더 좋지.'

속으로 중얼거리며 제논이 재차 검을 들어 사미드를 겨누었다. 알리타 역시 어둠을 휘감은 채 거리를 벌렸다.

두 사람을 번갈아 보며 사미드가 진지한 표정을 지었다.

'이거, 만만하게 볼 놈들이 아니군.'

상대의 집중력을 흔들기 위해 넌지시 한마디 건넨다.

"제법 솜씨가 좋긴 하지만 어차피 너희에게 승산은 없다. 내 뒤엔 혁명 영웅 테오란트 폐하께서 계시지. 내가 작정하고 시간을 끌면 어찌할 셈이냐?"

달인급의 극에 달한 자가 작정하고 방어에만 치중하면, 아무리 제논의 검술이 기괴하고 알리타의 잠형기가 위협적이어도 그를 쓰러뜨리기란 거의 불가능하다.

물론 실제로 저렇게 수동적으로 나설 생각은 없었지만 상대를 초조하게 만들기엔 충분한 것이다.

그런데 알리타가 태연하게 받아쳤다.

"그러세요."

"뭐?"

"계속 시간 끄시라고요."

상대를 흔들려고 한 소리였는데, 오히려 사미드가 흔들려 버렸다.

'진심인 것처럼 보이는데?'

그의 안색이 점점 더 굳어져 갔다.

'…스승님께 무슨 일이라도 생긴 건가?'

                    *   *   *

테오란트는 준엄한 시선으로 성시한을 응시했다.

그 눈빛엔 어떤 흔들림이나 고뇌도 없었다. 확고한 자신감만이 비치고 있었다.

시한은 슬프게 웃었다.

"일단 물어볼게, 테오란트."

"무엇이 궁금한 거냐?"

"어째서 적월기사단을 받아들인 거야? 놈들의 죄악은 우리도 잘 알고 있었잖아?"

"보다 나은 세상을 만들기 위해서였다."

주저하지 않고 테오란트가 대꾸했다.

"그들의 죄악은 물론 크지. 하지만 그만큼 능력도 있었다. 건국 초기에 얼마나 많은 인재가 필요한지 시한, 네 녀석이 알기나 하느냐?"

십 년 전을 떠올리며 테오란트는 인상을 썼다.

제국이라는 거대한 지배자가 사라졌다. 많은 이들이 새로운 세상을 맞이해 목소리를 높였다.

그것은 극심한 혼란이었다.

혁명군은 거대한 적을 부수는 데는 익숙해도 세밀하게 질

서를 유지하는 법은 알지 못했다. 건국 초기, 왕국 곳곳에서
온갖 범죄가 들끓었다.

"세상에는 필요악이라는 것이 있지."

그래서 적월기사단을 받아들였다. 제국 시절부터 치안을
담당하고 백성들을 억누르는 데 익숙했던 그들은 테오란트 밑
에서도 무리 없이 임무를 행했다.

피가 흐르고, 왕국은 평온해졌다.

"나는 그들에게 면죄부를 준 것이 아니다. 새로운 질서를
유지함으로써 과거의 죄를 씻을 기회를 준 것뿐!"

당당한 테오란트의 대답에 시한은 한숨을 쉬었다.

'면죄부를 준 것이 아니다라…….'

백성들 위에 서서 마음껏 권력과 폭력을 휘두르는 게 과거
의 죄를 씻는 것이라면, 대체 면죄부는 어느 정도 수준이어야
한다는 건가? 구중궁궐에서 산해진미를 깔아놓고 삼처사첩쯤
은 거느리게 해줘야 하는 걸까?

따지고픈 부분이 한두 군데가 아니었지만 일단 참았다.

"좋아, 그렇다 치고……. 그럼 창천기사단의 숙청은 뭐라 변
명할 셈이지? 그들이 그렇게 비참하게 죽어야 할 이유가 있었
나?"

"변명할 게 뭐가 있단 말이냐?"

테오란트의 눈빛은 여전히 흔들리지 않았다.

"그들은 유언비어를 퍼뜨리고 왕국을 어지럽히려 했다. 나도 그들의 공을 인정해 충분히 사정을 봐주었지만 그들은 결코 멈추지 않더군."

국왕의 권위에 도전한 자들을 용서한다면 그것은 곧 왕국의 혼란으로 이어진다.

"일국을 책임지는 왕으로서, 나는 해야 할 일을 했을 뿐이다. 그것이 왕좌에 앉은 자로서, 백성들을 보살펴야 하는 자로서 지켜야 할 도리다!"

시한은 감탄했다.

"와……."

적어도 이 순간의 감탄만큼은 진심이었다.

"정말 대답이 물 흐르듯 나오시는구만."

테오란트의 미간이 구겨졌다.

"말조심해라, 시한."

모든 것은 이 나라의 백성들을 위한 일이었다. 자신의 업적을 비아냥거리는 것은 용납할 수 없다.

"나는 이 나라를 반석에 올렸다. 복수 따위의 어리석은 생각에 사로잡혀 인생을 낭비한 녀석이 감히 나를 평가하려 하느냐?"

"그렇군……."

성시한은 고개를 끄덕였다.

이제야 그가 느낀 괴리감이 무엇인지 알 수 있을 것 같았다.

당연히 변했을 거라곤 생각했다. 하지만 전해 들은 그의 모습은 기억 속의 테오란트와 너무 달랐다.

시한이 기억하는 혁명 7영웅의 맏형은 고지식하고, 흔들림 없는 신념을 가지고 있고, 만사에 진지하며 어느 무엇 하나 대충 넘기는 일이 없는 완벽주의자였다.

그래서 아무리 변한다 해도, 이런 식으로 변할 순 없을 것이라 여겼다.

하지만 이젠 이해가 간다.

고지식함은 세월이 흐르며 고집과 아집이 되었고, 흔들림 없는 신념은 편견과 선입견이 되었다.

문득 시한은 키득거리며 웃었다.

"큭큭큭……."

"……왜 웃는 거냐?"

"아니, 그냥 왠지 낯익어서……."

인상을 쓰는 테오란트를 향해 시한은 차가운 경멸의 시선을 보냈다.

확실히 낯익다.

"지금의 너 같은 인간을 하나 알고 있거든."

자신의 상식이 절대적이고, 자신이 아는 것이 옳고, 자신이 인정할 수 없는 것은 무조건 틀렸다고 단정 짓는 저 태도가 너무나 익숙해 웃음마저 나올 지경이다.

"우리 아버지 같은 인간이 되었구나, 테오란트."

디재스터를 겨누며 시한은 자세를 갖췄다. 투기와 살기가 전신에서 흘러나왔다.

명백한 적의였다.

테오란트도 안색을 굳히며 전투태세로 돌입했다.

"어리석은 놈, 결국 아무것도 이해하지 못했구나."

붉은 투기강이 장검을 타고 휘몰아친다. 염룡기의 빛이 사방으로 뻗어나간다.

"그렇다면 나 역시 더 이상 말을 섞을 생각은 없다!"

시뻘건 투기의 불길이 치솟아 올랐다.

시한 역시 패왕기를 끌어올렸다. 푸른빛과 붉은빛이 영역을 넓히며 강대한 기운을 협곡 전역에 퍼뜨리기 시작했다.

우르릉!

대기가 진동하고 땅이 흔들린다.

강대한 투기의 흐름 속에서 문득 시한이 고개를 끄덕였다.

"아, 적어도 하나는 맞는 말이네, 테오란트."

확실히 당시의 자신이 어리석긴 했었다.

"당신 같은 인간을 멘토로 믿고 따랐었다니 말이야."

테오란트의 살기가 점점 짙어졌다. 그 속에 철딱서니 없는 동생을 바라보는 시선은 더 이상 없었다.

확고한 살의를 드러낸 이상, 성시한은 틀림없는 그의 적이었다.

"여전히 건방지구나, 시한. 하지만 나는 과거의 내가 아니다."

도도히 흐르던 붉은 투기가 일순 용솟음친다. 두 줄기 투기의 흐름이 전신을 용처럼 휘감는다.

"보여주마!"

뇌화의 테오란트는 뇌신기와 염룡기를 동시에 끌어낸 채 자신만만하게 외쳤다.

"이계구원자라는 허명 따윈 더 이상 의미가 없다는 것을!"

『이계진입 리로디드』 7권에 계속…